DEGOLA

MONIQUE MALCHER

Degola

COMPANHIA DAS LETRAS

Copyright © 2025 by Monique Malcher
Copyright desta edição © 2025 by Editora Schwarcz S.A.

Grafia atualizada segundo o Acordo Ortográfico da Língua Portuguesa de 1990, que entrou em vigor no Brasil em 2009.

Capa
Alceu Chiesorin Nunes

Imagens de capa
Dos livros A *Hand-Book to the Game-Birds*, de W. R. Ogilvie-Grant, Londres: E. Lloyd, 1896/ Smithsonian Libraries and Archives; e *The Conchological Illustrations or, Coloured Figures of all the Hitherto Unfigured Recent Shells*, de G. B. Sowerby, Londres: 1832/ Biodiversity Heritage Library.

Preparação
Ciça Caropreso

Revisão
Aminah Haman
Gabriele Fernandes

Os personagens e as situações desta obra são reais apenas no universo da ficção; não se referem a pessoas e fatos concretos, e não emitem opinião sobre eles.

Dados Internacionais de Catalogação na Publicação (CIP)
(Câmara Brasileira do Livro, SP, Brasil)

Malcher, Monique
  Degola / Monique Malcher. — 1ª ed. — São Paulo : Companhia das Letras, 2025.

  ISBN 978-85-359-4057-2

  1. Ficção brasileira I. Título.

25-273146   CDD-B869.3

Índice para catálogo sistemático:
1. Ficção : Literatura brasileira   B869.3
Aline Graziele Benitez — Bibliotecária — CRB-1/3129

Todos os direitos desta edição reservados à
EDITORA SCHWARCZ S.A.
Rua Bandeira Paulista, 702, cj. 32
04532-002 — São Paulo — SP
Telefone: (11) 3707-3500
www.companhiadasletras.com.br
www.blogdacompanhia.com.br
facebook.com/companhiadasletras
instagram.com/companhiadasletras
x.com/cialetras

Para nossas ancestrais mais antigas:
as crianças que fomos.

PARTE I
Ondas de carne erguem tábuas de futuro

1.

Gostaria de ficar com a pele da cara dos que amei. Colocaria essa máscara antes de dormir. Seria a melhor forma de me ninar. Com esse simples gesto, atacaria o sono intranquilo, consequência do que não tenho conseguido esquecer. A cara é território de construções antigas, que abrigam eternas pessoas. Não havia outra cara para colocar em cima da minha. Eu era uma cunhatã nua de minhas próprias imaginações e embaixo de minha própria cara.

Ao longe o som da sirene.

Era um Sábado de Aleluia, mas deus não estava conosco. Eu e Joana dentro do carro de polícia, a ocupação toda nos olhando e eu olhando pela janela, vendo os barracos pela última vez. Nunca levam os verdadeiros culpados.

Demorei para lembrar de quando aprendi que nosso sonho era mais do que ter casa. Joana sempre falava que a gente tendo um pedaço de terra consegue, além de morar, sonhar e plantar mais do que lágrimas. Olhava para o rosto dela e conseguia ver grande parte de seus pensamentos, até mesmo de sua história. Eu fazia isso com qualquer pessoa daquele lugar. Não sei se todos os curumins tinham esse negócio, mas eu entendia que a cara da gente é um território ocupado por lembranças. Essa parte do corpo, comunidade de terra batida, vê a água brotar da cavidade que encara outros territórios. A lágrima sempre rompe.

E as casas que foram erguidas se desmontam como se de papel fossem. Não somos todos? Nesse solo mascarado de pomadas e progresso brotam protuberâncias, doenças, rasgos, melasmas que mapeiam.

Nenhuma terra nos é dada ao Norte, mesmo que sejam todas nossas. E aquela terra que ocupávamos com nossa casa, nosso comércio, nossa criação de galinhas, nada mais voltaríamos a ver depois daquele sábado.

As casas de hoje, com números e escrituras, guardam famílias que talvez não saibam sobre as outras que por ali passaram e ergueram uma história para além de si, que fizeram a cabeça na fé para aguentar a porrada dos dias. A terra guarda o resto dos banhos de proteção e os restos mortais dos desencarnados. Nela ainda habita cada canto dos barracos onde nasceram nossas crianças. Guardamos muito do que nos aconteceu, mesmo que a perda seja um animal distraído. Felicidade e tormento descem da mesma bica, quem nasce em ocupação sabe muito bem.

 Não queria que os policiais me vissem chorar, nunca gostei de chorar na frente de ninguém. Cada pessoa e cada animal guardam o portão de seu próprio inferno. Os cães, em alvoroço, correndo atrás da viatura no meio da lama, nas ruas sem nome desse lugar que se escondeu dentro de mim e nas camadas de nossas percatas. Enquanto tentava entender tudo que acontecia naquela nesga de tempo, não soube sentir o que estava por vir.

A sirene mais alta que meus pensamentos.
Eu nunca mais voltaria.

 Sou no agora adulta e encaro essa parte que não me cabe decidir se boa ou ruim. A dor não me coroou com ensinamentos, só me fez demorar a gostar de estar viva no mundo que os adultos me apresentaram, e agora preciso estar em paz com ele enquanto lembro. Falo do que conheço. Como posso ousar tirar dos dentes felicidade? Existem lugares dos quais não conseguia lembrar — até pegar casca — como cheguei, nem como me despedi. A ocupação foi um deles.

Não há memória que invencione o que meus olhos presenciaram, pela primeira vez conheci o que era o fim e ele me acompanha toda vez que, mesmo que em pensamento, volto para aquele pedaço de Manaus. Fomos buscar a morte na terra prometida, esse foi nosso novo testamento.

2.

Papai me ensinava, mesmo que eu não quisesse aprender, sobre a mudança dos acordes do violão na noite de churrasco no quintal. Comíamos carne de primeira quando algo muito triste nos ocorria, era o esforço de meus pais em acreditar que tudo ficaria bem. Eram tão firmes e pacientes os dedos dele, olhando a madeira como quem pensa distante. Cantando canções antigas do rádio antes que eu odiasse ouvir música.

As crianças são sempre as últimas a saber das pororocas. Com nove anos, uma voz antiga dentro de mim se misturava com o som do violão e sabia antes que papai contasse com sua cruel coragem: eram nossos últimos dias naquela casa no Pará. Se anunciava o sonho

Manauara. Era hora de tomar o que sempre tinha sido nosso.

Eu não quero que a gente vá!, disse, quase mergulhando nas minhas lágrimas.

Você vai gostar, Sol. Você vai ter um quarto bonito com seus CDs e livros. Em Manaus a gente pode montar um mercadinho de novo, quem sabe podemos ter nossa casa? Um dia você vai entender o que é uma casa.

Mas, papai, esta é a nossa casa, você que não entende!

Toda vez que papai vinha com uma conversa que me incomodava, eu começava a me concentrar em alguma coisa diferente. Enquanto ele falava, eu ia observando os pedaços de carne assada na bandeja de alumínio. Alguns estavam frios, atraindo moscas, ganhando aparência ensebada, escurecendo com sangue endurecido, enrolando. Imaginava que com aquelas carnes em forma de cilindro eu poderia simular um telescópio. E o que a gente vê através do tubo de carne? Pedras que os cães conseguem rasgar como rasgaram a perna de meu irmão correndo na rua? Na água, a cicatriz dele brilhava como as estrelas que conto para passar o choro entalado atrás dos ossos da cara.

Foi quase sem perceber
que comecei a endurecer

para ver outras coisas no mundo
na bandeja amassada de alumínio
no quintal da casa em que Yan nasceu e morreu.

Joana tinha obsessão por controle, mas sempre queria a participação de papai nas decisões. Posso? Pergunta pro seu pai. Se ele deixar eu deixo.
Não pode, minha filha, mas se a sua mãe deixar eu deixo.
E ela sorria escondido enquanto lavava a louça, porque sabia que eu não faria o bumerangue de confrontá-la mais uma vez. Ela era feliz por dar a ele a ideia do controle, mas ela é quem decidia e gostava de vê-lo se enganar sobre o próprio poder. Alguém precisava ser o homem da casa, e ela dizia não passo por cima de seu pai, aqui fazemos tudo acordado.

Nunca existiu acordo.

Papai Alfredo nos comunicou que estávamos daqui uma semana ou menos de mudança. Nessa época ele tinha um mercadinho no bairro do Mapiri, era um ponto alugado. Uma portinha caindo aos pedaços. Cada dia ficava mais perigoso e papai só não era assaltado porque era benquisto no bairro. Só havia algumas mercadorias e um freezer emprestado, a gente vendia picolé e dindim. Em Santarém estava toda nossa vida e tudo que eu conhecia do mundo. Só que dessa vez a nova moradia era em Manaus, uma mudança de estado em todas as suas definições. Meu pai colocou na cabeça de montar o mercadinho por lá, e quem sabe no futuro a gente conseguisse comprar uma casa. Naquele momento a gente não tinha nada, como grande parte das famílias que conhecíamos.

Tem muito paraense indo pro Amazonas, a Zona Franca é o futuro, meu cumpadi, com as grandes empresas todo mundo tá com emprego, chega dessa miséria. Era o que meu pai conversava com os papudinhos no bar, eu escutava quando ia dizer pra ele que Joana tinha mandado avisar que a janta tava pronta. Ele não era muito de beber, mas era de conversar. Toda semana a gente ficava sabendo de um conhecido que tinha ido pra Manaus tentar a sorte.

Na mesma noite, Joana cochichou no ouvido dele: vamos embora desta terra.
Ele achou que era uma decisão em conjunto.
Vamos crescer, vai ser o puro progresso, ele dizia, enquanto Joana sorria escondido, orgulhosa de controlar seu homem. Hoje sei que progresso é uma palavra que odeio.

Yan estava com os vermes. Logo ele, o filho incrível.

Será que os vermes comem rápido tudo que é incrível?

Às vezes eu sonhava com Yan mergulhando até o fundo da piscina e voltando para a superfície com a tampinha amarela da garrafinha do caça-tesouros dos jogos de verão.

Eu estava na borda, sentada.

Abre a mão, mana. Abre. E me dava a herança.

Sempre que volto do pesadelo repetido para a superfície da realidade, sinto água na traqueia, abro a mão e só permanece a marca do corte que fiz com o canivete de papai no dia em que enterramos Yan naquele caixão de criança. Eu nem sabia que faziam caixões assim, para mim as crianças guardavam no corpo a ficha da eternidade.

Acreditei que pudesse costurar por dentro da mão a tampinha, como esses piercings que andam por baixo da pele, na testa. Foi assim que alterei as linhas de minha mão no quintal de casa, debaixo da bananeira, que se afogou em sangue. Nada mais pegou naquele pedaço de terra. A morte de meu irmão me fez rumar para outra linha de vida, nunca soube o que eu teria sido se ele não tivesse se afogado. Talvez até hoje eu pense mais nisso do que nele, de quem já não lembro quase nada. Tento ver sua cara, mas esse território foi guardado pelos tatus. Yan foi levado para um lugar que desconheço e que nunca quis tentar imaginar.

    Pela primeira vez a gente ia morar em uma cidade em que ele nunca havia pisado. Era a morte de uma outra coisa que eu não entendia, mas tentava ver nos olhos de Joana. Como se ela quisesse me deixar para trás e levar o cadáver de meu irmão ainda fresco. Yan morreu aos sete anos e levou com ele o carinho que um dia eu tive da senhora minha mãe.

3.

Cuido de animais dos outros, aplaco doenças de gatos, cavalos, aves. A medicina veterinária foi meu caminho para não enlouquecer. Tento parar o avanço da morte. Algumas vezes essas criaturas morrem nas minhas mãos. Às vezes me descolo da pessoa fria ou prática que me tornei e choro na volta pra casa, poderia ter salvado aquele animal, poderia ter feito mais. Só eles conversam comigo, me afastei das pessoas porque o que se apresenta nos olhos delas não é o mesmo que sai de suas bocas.

Esse afastamento, não é algo ruim. Me auxilia a conduzir as situações como elas são, lidar com o que é possível. O descontrole me faria falhar. Algumas vezes você faz tudo que está ao alcance e mesmo assim a morte acontece. Ela é uma certeza que me conforta. Não a persigo, mas somos antigas companheiras. Fui acusada de assassina com nove anos, vez ou outra me acuso para não perder o hábito. Faço o papel de Joana em minha mente, ela está sempre comigo, feito um fantasma, me olhando crítica. Ainda tem uma parte de meu corpo que está aprisionado. Não entendo que um pedaço meu ficou na ocupação, mas não sou feita dele somente. O calendário avançou, hoje sou adulta, veterinária, moro sozinha, não me falta o alimento. E esses fatos nem sempre soam tão reais assim. No fundo me sinto atuando, pois acredito ainda ser a Sol criança, na poeira. Me questiono se todos os adultos atuam e na verdade nunca saíram da infância em seus gestos e vazios.

Encontro quem eu poderia ser toda vez que nado.

Emerge uma figura da piscina e atira em meu corpo, caio, transformando a cor da água em vermelho, com a rapidez que só um pesadelo é capaz. Consigo nadar até tocar nas bordas, percebo que não há ninguém além de mim dentro e fora da piscina. Acordo suada, sinto as pernas quentes, meu sangue me visita na madrugada como me visitam os medos. Percebo que menstruei. Levanto para tomar banho, penso nas galinhas, na minha família e nas pessoas da ocupação pela primeira vez nesses últimos anos, enquanto o sangue empoça nos pés. Não penso na cara de Joana, me proíbo de pensar nela.

    Toda cara é uma areia movediça que refaz uma estátua que morre a cada ano. Até que a gente esqueça todas para sempre. Com o tempo acabei convivendo com pessoas na universidade um pouco fora da curva, que falavam o quanto a memória é importante para que algumas coisas não se repitam. Mas creio que eu seja mais parecida com a maioria, cujo sonho é esquecer. Mesmo quando o cérebro não funciona como antes, outras partes do corpo pulsam e criam espasmos, assim a memória se configura. Tudo que me aconteceu ontem parece que aconteceu hoje.

    As cólicas aumentam enquanto o banho de ervas conversa com minha pele. Por um breve instante chego a pensar que carrego uma criança dentro do copo d'água hospedado em meu ventre. Estou feito a mulher da ocupação que passou dias sangrando. Ela de perder filho, eu de perder esperança. Não deixo ninguém me tocar, ainda assim não me larga o mesmo pensamento: achar que carrego uma criança impossível com a cara de muitos cadáveres. A solidão que acontece na cabeça corrompe o amor que merece ficar dentro, no mais profundo que a dor tocou.

4.

Joana matriculou nós dois na natação comunitária porque dizia que em algum momento da vida a pessoa que nasce no Norte tem que encarar a água e entender que ela não nos mata porque quer, mas porque nunca tentamos de fato saber que somos seus curumins. Acho que a água das piscinas não é espiritual e não se importa com nossa existência, mas ela não cogitou isso.

Nosso avô tinha uma brutalidade para lidar com os filhos, Joana sempre lembrava disso por algum motivo. Não era necessariamente uma violência que ela teria provado durante outros momentos da vida com outras existências que a amaram.

Enquanto lavava a louça dizia:

Seu avô ficava sozinho com o cavalo Adamias no curral, fazia sons e gestos que para mim eram indecifráveis, mas o bicho o compreendia e o respeitava. Talvez o amasse, nunca saberei. Não eram gestos bruscos, mas singelos. Nesses momentos, por entre as frestas das paredes de madeira, assistíamos ao espetáculo das delicadezas que ninguém ousava lhe atribuir. Eu o amava na solidão, no longe, onde só homem e cavalo cantavam a canção do amansar, que depois permitia que mamãe e eu cavalgássemos em um animal que havia entendido nossa importância, por mais que papai não fosse um homem de palavras, mas das encantarias capazes de dissolver qualquer medo e desconfiança que habitavam o núcleo de Adamias.

Era um cavalo selvagem?, perguntou Yan.

Meu filho, selvagem é uma palavra pra gente botar no bolso e esquecer. O cavalo falava um dialeto que poucos se importavam em aprender. A grandiosidade de meu pai fazia casa nisso, em saber pedir pra natureza estar irremediavelmente conosco.

E a vovó?, perguntei.

Lembro das minhas mãos bem pequetititas agarradas na cintura dela. Nessas primeiras horas do dia, experimentava o sabor de não ouvir os passos dos fantasmas, só o impacto da corrida do cavalo na estrada laranja, quase dourada como os dentes de papai. Aproveitava a viagem abraçando forte a vó de vocês. Meus braços pequenos não conseguiam abraçar direito, mas eu confiava demais nela.

    Ia enxugando a louça enquanto contava tudo de um jeito tão bonito…

    Ela montava primeiro e eu dizia papai, me ajuda a subir? Se segura bem, menina!, ela dizia. Ele dava duas palmadas leves no cavalo, que começava a correr. Como eu gostava de ouvir o grito de mamãe que se confundia com uma gargalhada! Acho que o animal também gostava, porque existia essa liberdade que o fazia estremecer e correr muito rápido. Nossos cabelos presos… engraçado, porque esse penteado a gente chama de rabo de cavalo. Mesmo assim os fios voavam alto. Podia parar de invejar os passarinhos, aprendi como era voar com os pés, imaginava um mar no lugar daquela tabatinga, que sentia falta dos beijos das águas, que um dia voltam, foi na infância que conheci o barro. Nós também voltávamos quando o sol esfriava e o cavalo estava descansado.

    Colocou o pano de prato no ombro e sentou na cadeira para continuar a história.

    Os cestos estavam vazios dos nossos queijos, mas cheios de verduras, pães e materiais de costura. A moeda era trocar coisas. Encostava a cabeça nas costas da vó de vocês, enquanto observava com calma a paisagem, fechava os olhos e imaginava as mãos dela, que naquele instante seguravam as rédeas do cavalo, passando uma linha branca e brilhante pelo buraco impossível da agulha nos dias em que ela costurava. Como era delicada em tudo que fazia! Nada era impossível pra vó de vocês. Até hoje ela é assim.

Das tantas repetições, ela só contou uma vez a parte em que nosso avô e Adamias, anos depois, morreram afogados.

5.

Nossa rua sobrevivia com aquele cheiro de sangue pingando dos bichos. O peixe gritando em silêncio dentro da sacola parente das cadeiras de praia. A hora do joelho com ferida sempre aberta, cicatriz por cima de cicatriz. Aqui ocupando meu papel, empurrando uma criança e amanhã sendo a criança empurrada pela que se estrepou de graça. Acontecimento por cima de acontecimento. A lei da nossa rua era contrato de feridas, risos e cascudos. Troca de figurinhas e tazos saídos de dentro do militos. Buião, queimada e detetive. O cheiro do barro maltratando o ar. O sol golpeando a planta dos pés. Quilos de peles mortas que racharam nesse andar tão de começo da vida.

Era divertido viver na rua larga, quase infinita, saber tudo sobre cada barraco, aprender o que cada um queria e por que foi parar ali. Saber roteiro, escrever as mesmas brigas e quermesses. Sonhar em ter pátio, quintal, grade, portão, cadeado, luz, água saindo da torneira. Não sabia que tudo era de importância gigante, meu mundo de criança com cachorro velho da rua lambendo a cara. Não imaginava que uma casa pudesse sumir na mudez de toda a felicidade que não fica na unha da gente quando se é pobre. Ainda não sabia o que era pobreza, mesmo que já vivesse nela.

Eu não tinha sonhos, apenas vontades. Lembrava do Pará e de nossa antiga casa em que as janelas fechavam e acima de tudo existiam. Nunca imaginei que se construíam janelas, pensei que eram como bebês no colo, me pareciam prontos desde sempre. Um dia todas as janelas vão sumir. Cresci conhecendo o que é quarto de dormir e vaso sanitário. Biqueira no pátio só para lavar pés de asfalto das brincadeiras. A voz da rua dizia que o alimento nunca faltaria. Até que um dia foi minguando. A fome é uma verdade que retira a força de acreditar.

Foram retirando as grades da janela, dias depois levaram cama, guarda-roupa, copos, talheres, arrancaram portas, levaram o Raimundinho, que latia triste. Venderam o que não tinha preço igual. Ainda arranhei as costas da menina que levou Raimundinho dizendo que ele era o neném dela. Levaram a porra da confiança que eu tinha de que as coisas seriam sempre iguais.

Vai ficar tudo bem, Sol, Joana segurava meu ombro, enquanto inventava histórias. Quero ir pra casa da vovó! Meus olhos, pura água de ódio. Você não vai pra lugar nenhum sem a gente, seu lugar é onde eu disser. Segurou forte meu braço.

Raimundinho de longe latindo.

Joana não sabia mais me amar. Eu me sentia como um membro do corpo que foi arrancado e nunca mais vai voltar, que você apenas sente de alguma forma, mas não existe mais.

Raimundinho de longe latindo.

A tristeza dói mais quando o choro se torna cansado e vai parando em silêncio para nunca mais se despedir do peito da gente. O catarro é a água do ódio exausta.

Raimundinho de longe latindo.

6.

Vi uma reportagem de uma mulher que tinha mais plantas do que móveis dentro de casa, me chamou atenção que ela pegou carcaças de televisores e fez delas vasos. Passei muitos anos sem ter televisão em casa, no começo parecia uma coisa que fazia falta, depois a falta se transformou em costume, em seguida o costume se transformou em esquecimento. Uma vez recebi uma colega da universidade em casa e ela me perguntou se podia colocar um clipe na televisão. Até perceber que não havia uma. Como é possível a falta desse aparelho causar constrangimento? Geladeira, fogão e televisão, toda casa precisa ter.

Joana conseguiu um trabalho na Sharp em Manaus meses depois do afogamento de Yan, não sei se isso motivou a gente a ir ou se ela buscou essa oportunidade porque queria dar o fora dali. Ela não aguentava mais viver em Santarém nem encontrar as mães na feira, que comentavam pelas costas dela sobre o fechamento temporário da piscina comunitária. Ninguém queria deixar sua criança nadar na piscina que morreu um garoto. Ninguém se importava com a mãe que perdeu um filho, as pessoas fingiam. Tudo era Yan antes e tudo era Yan depois, mesmo que por motivos diferentes.

Na época da mudança Joana tinha trinta e seis anos, a mesma idade que tenho agora lembrando dos meus nove anos.

O ano era 1996. Uma grande amiga dela tinha ido um ano antes morar em Manaus para trabalhar na Zona Franca, o que para Joana foi uma grande loucura. Ela chegou a falar mal da mulher algumas vezes, mas como as adversidades fazem a gente mastigar a própria língua, a mulher tinha se transformado no grande símbolo de revolução para ela.

Essa minha amiga já montou a casa dela, tem de tudo, aparelho de som que roda cinco CDs e uma televisão enorme na sala. Joana falava empolgada para papai Alfredo. Eles deram uma televisão? Perguntou papai com os olhos arregalados. Dar eu acho que não, mas ela pôde comprar por uma pechincha.

Papai Alfredo, como gostava de televisão, amou a ideia. Não só pela televisão, mas por aquele episódio representar na cabeça dele uma dica de que muitas coisas novas poderiam ser conquistadas com maior facilidade. Ele acabava tendo uma visão um pouco romantizada das possibilidades de conquista que Manaus nos daria, mesmo nunca tendo pisado na cidade. Havia uma Manaus pronta em seu pensamento, na qual tudo era menos sofrido.

Ele conseguiu com um agiota dinheiro considerável para nossa viagem. Não pretendia pagar, por esse motivo toda nossa mudança se deu na madrugada. Vendemos o que deu, a gente não tinha muita coisa mesmo. O apego dele era com a aventura, gostava da radicalidade. Gostava de seguir as ideias de Joana, pois via nela essa impulsividade que tanto o animava.

Inicialmente fomos para o bairro Mundo Novo, ele alugou um ponto já montado que tinha um quartinho nos fundos. Morar em uma ocupação era a meta para o futuro, mas por enquanto a gente ia começar assim. Privacidade não existia, o lugar era minúsculo e a energia era na base do gato. Como Joana passava grande parte do dia no distrito trabalhando, o controle que ela conseguia exercer sobre os assuntos do mercadinho foi sumindo.

Alysson era um garoto de quinze anos, filho da nossa nova vizinha. Papai contratou o menino por uma mixaria para ser ajudante, não dava nem para comprar metade de uma cesta básica com o que o menino ganhava por mês. Alysson era o ajudante e também o vendedor, além da única pessoa responsável pelo mercadinho o tempo todo. Papai Alfredo não pagava o cara que vendia os produtos pra ele, era o famoso é hoje, é amanhã. Ia enrolando. Então, ele estava sempre entocado para não ter que se explicar. Não demorou muito e a portinha faliu. Ele era o cara que fazia com que qualquer negócio prosperasse no começo e em seguida o grande responsável pela ruína do mesmo negócio. Daquele time de gente que fica enlouquecida com qualquer mínimo sucesso financeiro e coloca tudo a perder. Saber criar não é a mesma coisa do que saber manter.

Com o pouco dinheiro que Joana conseguiu juntar no novo trabalho, pagamos as novas dívidas, as anteriores meu pai encarava como inexistentes, cruzou os estados não existia mais agiota. Joana sempre perdoava papai, porque sempre acreditou no amor como perdão. Duas coisas em que definitivamente eu não acredito.

Alysson, no seu último dia de trabalho, contou para papai que havia uma invasão surgindo ali perto, estavam chamando de invasão da Mundo Novo, igual ao bairro. Ninguém chamava de ocupação naquela época, pelo menos não o povão. A gente não sabia nada sobre. Aprendi isso depois que já não morava na Mundo Novo. Nenhuma propriedade é absoluta. Todo lugar precisa ter vida. Um espaço vazio é custo pra cidade e a cidade também é nossa, dos que nem se trabalhassem a vida toda sem gastar um centavo teriam uma casa.

Mesmo usando outra nomenclatura, hoje tenho consciência de que a gente estava indo para um lugar que era nosso porque esse lugar, no papel, era de gente rica que não construía nada, nem ao menos lembrava que tinha essa terra. Joana trabalhava igual uma filha da puta naquela fábrica, o trabalho como montadora nunca foi fácil. Meus pais, diferentemente do que ouvi a vida toda, não eram bandidos por terem se metido em uma ocupação. Eles não queriam invadir a casa de ninguém. Só que quando eu tinha nove anos, eu não entendia nada disso.

Mas eu não quero ir.
Porra, tu nunca quer ir, Sol. Tu nunca quer ir.

Hoje sei que ela precisava ser firme, mas ela sempre era firme olhando pra mim. Me faltava recurso mental, emocional. Eu tinha nove anos. Com essa idade a gente pensa que sabe tudo, mas existe uma versão desconhecida por nós. Achava que Joana era má, mas ela era apenas uma mãe ferrada. Mais tarde mudou de ideia sobre essa mudança, como todas as outras.

    Alfredo perguntou pro Alysson o que mais ele sabia. Ah, patrão, tem um galeroso aí que já invadiu um pedaço e me pediu pra dizer pro senhor que ele aceita uma televisão, faz rolo com esse terreno de lá da invasão. Mas é o seguinte, entrou lá não pode deixar sozinho o terreno, que os cabra entram e se instalam, andam com terçado na cintura.

    E foi assim que a nossa televisão de tubo da Sharp, parte da rescisão de Joana, virou um terreno na Mundo Novo.

PARTE II
Soprar desejo na boca da galinha

1.

Ser criança e chegar ao ginásio cheio delas, sabendo no esbarrar dos olhos que não a compreendem ou aceitam. A roupa inadequada, brega, ela prefere estar nua, mas seria a pior das escolhas. Odeia o rosto sorridente da mãe ajoelhada olhando nos olhos dela no portão de casa dizendo: você está bonita, tudo vai dar certo. A natação era o esporte que Yan e eu praticávamos às quintas, na época em que havia uma piscina comunitária em Santarém. Eu faltava em todas as aulas e ele ia em todas.

Nunca tentei aprender a nadar, até agora... com trinta e seis anos.

Bebo um gole d'água da garrafa com o slogan "tudo vai ficar bem". Tenho que estar às 10h20 na aula de natação, que fica a dez minutos da minha casa. Acordei às seis. Estou arrumada, tomei meu café e fiz tudo que poderia fazer nessa preparação de primeiro dia. Retirei os objetos da bolsa muitas vezes, até ficar satisfeita com uma organização que daqui pra frente será a que usarei nos dias em que for nadar.

Muitos nadadores usam pequenas mochilas impermeáveis que parecem malas de viagem ou essas que as pessoas usam para levar itens de futebol ou de esportes em geral. Estava decidida que seria uma dessas que eu usaria, mas no fim comprei uma sacola furadinha, que mais parece que estou indo à praia ou fazer feira. Odeio praia, nunca mais quero colocar meus pés na areia, mas precisava da água, precisava de alguma coisa que ainda me desafiasse e fizesse sentido. Quero estar errada sobre as risadas imaginárias das pessoas imaginárias dos primeiros dias de aprendizado. Tenho vergonha das coisas que não sei.

Escolhi um maiô profissional preto, modelo macaquinho. Óculos antiembaçantes, para não atrapalhar a visão embaixo d'água. Touca de silicone toda preta também. A sandália infelizmente não tinha toda preta, comprei lilás. A garrafinha também lilás, aproveitei que já tinha fugido da ideia monocromática. A pochete para levar chave, celular e pílulas de enxaqueca: tudo no mesmo tom. Perguntei para a médica se tinha como trocar as pílulas, porque elas são laranja. Tudo bem, pelo menos são cores complementares. Toalha lilás. Comprei camisas e shorts cinza-mescla, afinal na base neutra eu poderia recomeçar tudo aquilo se me sentisse mal com aquele arranjo de objetos. A veterinária que sonhava em ser um tambaqui.

 Dispondo os objetos de novo na cama, lembrei das cores da batina dos padres e dos caixões e das caixinhas de fósforos e dos vampiros e das músicas góticas, e das caixas antigas de algodão, depois das narinas dos mortos. Lilás, feito as lavandas que são lindas perto do fim. Lancei meu corpo sobre todos os objetos, tateei para achar os óculos de nado, coloquei no rosto, tentei chorar até que as duas lentes se transformassem em dois miniaquários. Coloquei tudo de qualquer jeito na sacola, precisava correr. Em algum momento da vida eu estaria presente depois de todas as minhas ausências.

2.

Bordava estrela por estrela no tule, todas com tamanhos diferentes. Descobri que gostava de bordar depois de adulta e do avanço da depressão, essa gosma que toma conta da pele e espalha lixo pela casa. Nunca soube se minha personalidade com as palavras dentro da cabeça e com a boca vazia de sílabas era algo meu ou da dor que me enlaçou como o barro da rua da minha não casa na infância.

Uma senhora em um programa matinal mostrava com calma como o bordado era uma arte subestimada. Até que ter finalmente comprado uma TV não foi tão ruim. Ela bordava caras de crianças que haviam morrido nos primeiros anos ou meses de vida, os pais levavam uma foto e ela bordava um retrato poético. Lembrei que minha bisa contava que se fazia foto do morto sentado em sua cadeira favorita e a família guardava com amor grande essa imagem em um álbum de lembranças.

Quando quem estimamos morre, esquecemos de risadas e gritos de uma terra inteira. Mesmo assim, sinto que a morte não existe diante da palavra que gritamos. Os obituários foram feitos para a materialização da morte em palavras escritas. As estacas de cruz nos terrenos nos contam sobre quem lutou para plantar o futuro e agora é raiz esquecida, calada.

Em outros dias se arrumava o morto numa cadeira, alguém fazia a foto. Fotos sempre foram tentativas de dizer que algo foi, e não que não é mais. Sei porque carrego na bolsa algumas fotos dos animais que matei antes de comer e dos animais que não consegui manter vivos, vejo como elas se esforçam. Registrar o corpo depois dele ser apenas corpo, lembrar do fim como quem espera viver de novo. Lembrar do corpo deitado era invalidar o movimento dos finais. Uma foto também se faz com o olhar, especialmente com ele, sem câmera. Não olho apenas, fotografo.

Lidar com a morte era minha constante e por querer me movimentar para o lado da vida, para me manter um tanto bem, comecei a bordar em vestidos variados. Me tornei especialista em fazer vestidos de noiva bordados. Gosto da sensação de bordar vestidos que finjo ser meus. Foram muitos os casamentos que tive nesse lugar do criar. A noiva me contava sua história e eu internalizava cada detalhe do que ia aprendendo que era amor, por mais que não fosse, e o amor é essa coisa que nunca é. Foi na época que eu quis abandonar a veterinária, e abandonei, por seis meses.

Nunca quis ter filhos, mas esse tecer de formar família sempre dançou nisso que dizem coração. A última vez que senti que tinha uma família foi quando Yan e minhas galinhas existiam na Terra. A morte pra mim é o fim, não há nada depois, não há deus, não há céu ou inferno, não há mensagens dos mortos, não há vultos com corpo de lençol, só existe o fantasma da ausência e esse é capaz de destruir qualquer corpo com vida. Os mortos verdadeiros são os que ficam com a saudade, e mesmo com ela pegam ônibus, batem ponto, colocam comida na mesa.

Não bordava crianças mortas no tule, bordei seis meses de sonhos para casais desesperados sem saber que inevitavelmente morrerão, mas são lindos nessa crença do para sempre. Meu primeiro bordado foi a lembrança de meu irmão roxo na piscina, bordei dentro de mim. E a cada estrela no vestido da noiva tentava fugir da imagem que nunca me abandonou, a de ser culpada pela morte de alguém.

    Mato as pessoas com meus pensamentos, por isso, ao mesmo tempo que existe o desejo, acho melhor não ter uma companhia. Tudo que se aconchega perto de mim e comigo... morre. Trabalhei exaustivamente em um certo vestido antes de retomar minha primeira profissão. Parei por um tempo, queria me afastar da ideia de cuidar dos animais. Só saía de casa para nadar. Sentia falta de me alimentar melhor, não tinha vontade de preparar nada elaborado.

    Papai Alfredo tinha uma brincadeira muito boa para me fazer comer quando eu era criança, ele pegava meu prato e dizia fecha o olho que eu vou colocar o pó de solares. Segundo ele, era um pó mágico que dava um sabor especial para eu ser mais Sol do que eu já era. Amava a brincadeira com meu nome, me sentia importante no mundo, isso me mantinha de sorriso forte. Meu pai era um homem bom nos bons dias de um homem.

    Põe mais pó de solares, papai!

    Papai tinha muita magia dentro de si, às vezes Yan e eu ficávamos deitados com ele na rede vermelha, ainda na nossa casa de Santarém, antes da ocupação. Ele colocava pra tocar um disco da Gloria Estefan, que cantava em três idiomas uma única música. Papai, será que é muito difícil aprender espanhol e inglês? Tudo é possível se você quiser muito e se esforçar, minha filha. Hoje sei que papai não entendia muito sobre como o mundo funcionava. Ele gostava de ouvir aquelas músicas românticas e plantava no coração da gente essa ideia de que só se é feliz se você se casa e forma uma família, de mentira.

Até hoje eu sei as letras de Gloria, como se fosse o rosto de papai tomando um suco de taperebá deitado na rede embalando e chamando Joana para deitar com ele. Eu tô ocupada, não tenho tempo para essa melação, Alfredo.

Os homens na nossa casa eram donos dos sonhos e a nós nunca foi permitido sonhar. Sempre estive no mundo para ser outra coisa, mas acreditei por muito tempo que eu era o depósito da dor de outro corpo. Choro vendo vídeos de mães preparando lancheiras e de crianças cozinhando livres de julgamentos.

Deixei de ser criança para ser uma falha.

Por mais estranha que eu pareça, posso tranquilamente dizer que a adulta que me tornei seria a pessoa de segurança que minha versão criança precisava ter por perto quando meu irmão morreu. Não tive ninguém ao meu lado, ninguém para conversar sobre o que era ver um garotinho morto. Não tive uma voz adulta ficando de joelhos e olhando nos meus olhos para anunciar que a culpa não era minha. Hoje brota uma felicidade no peito quando em raros momentos me orgulho de mim se ninguém tá olhando.

Nunca senti que era importante ter Yan por perto, até que não tive mais.

As aulas de natação eram importantes para ele. Era um menino com o corpo lotado de sonhos, e um deles era ser um grande nadador com medalhas no futuro. Ele acreditava no futuro e eu queria no profundo das minhas ignorâncias e respostas atravessadas ser da mesma matéria que meu irmão. Sempre dava um jeito de faltar nas aulas de natação, eu ia pra casa de alguma amiga beber cachaça escondida, hoje sei que não era coisa pra uma menininha. Fugir sempre foi uma maneira de passar os dias. Não entendia esse vazio que já morava dentro de minha boca nessa passagem do tempo.

Por um motivo desconhecido, que me recuso a atribuir como divino, eu sabia que meus pais eram adultos incapazes de me ajudar a ter uma felicidade mínima. Me pergunto hoje se de alguma forma eu sentia que Yan iria embora para permanecer para sempre no olhar agressivo de Joana cercada da lama de um lugar que eu seria forçada a aceitar como lar. Fomos para a ocupação como penitência, a vida sem Yan era o inferno do deus de Joana.

Eu era o demônio que roubou o filho querido de uma mãe corajosa.

No mês da morte de meu irmão, estava tendo olimpíadas do bairro e a turma da natação iria disputar um jogo chamado caça ao tesouro. Espalharam pela piscina várias tampinhas coloridas e o vencedor seria aquele que pegasse o maior número de tampinhas. Fiquei olhando da arquibancada. As crianças todas preparadas para pular. Yan era tão pequeno, nem sempre dominava o nado. A recomendação era que os menores não fossem para as partes mais profundas. Começou a jogar o peitoral para a frente, erguer a cabeça com determinação e avançar para o proibido. Foi muito rápido, mergulhou, mergulhou, mergulhou. A professora batia papo e não viu.

O afogamento é uma espécie de dança, você se debate enquanto tenta retornar à superfície. A respiração se torna um esforço doloroso e a água entende que seu corpo é casa também, invade seu medo. A laringe fecha, é preciso conter as inundações. Completamente submerso, o corpo se entrega. A laringe relaxada deixa a água entrar. Parte da água vai rumo ao estômago e o restante passeia pelo corpo. O corpo que respira, agora cessa. A língua portuguesa para de chamar você de corpo pessoa, seu nome é corpo cadáver e quem sabe sua lembrança inche também. Tudo é inevitavelmente profundo.

    Eram muitas crianças, muitas. Comecei a gritar quando já era tarde, não tive coragem de pular na piscina, me alcançou um medo terrível de ir embora com ele. Eu havia mentido aquele tempo todo para mamãe, que passaria a ser apenas Joana pra mim, sobre nadar. Não tinha como salvar alguém que sabia mais do que eu. A professora pulou na água enquanto gritava chamem a ambulância, chamem a ambulância. E nesse dia eu soube que a culpa era algo que os adultos gostam de atribuir aos outros, mas quando se deitam em suas redes e camas sempre sentem que é sua, mesmo que rejeitem essa imagem.

    A massagem cardíaca interminável.

Eu, uma estátua,
só com os olhos em movimento.
A morte é secura.
Um pronto,
acabou.

3.

Não fomos morar de cara no terreno da ocupação. A cobaia foi meu pai. Nos primeiros dias ele, com ajuda de Alysson, levantou uma espécie de barracão. O piso era apenas terra batida, como outros barracos, mas essa era uma palavra proibida. Alfredo chegou a bater na minha boca com a costa da mão quando eu disse.

Eu disse a tal palavra.

BARRACO.

Alfredo sentia uma espécie de repulsa ao perceber que era igual às outras pessoas que ocupavam aquelas terras. Ele se importava com elas de verdade, mas queria ser alguém diferente, sempre quis ser um salvador, um profeta. Não queria ser visto como patrão, mas como um messias. Até hoje me pergunto se ele quis mesmo formar família ou se essa configuração era uma forma de não se sentir tão sozinho. Poder constantemente errar sabendo que temos amparo incondicional. Que gostoso.

Alguns homens querem mais do que poder aquisitivo, querem ser adorados como santos. Alfredo construía uma relação de poder com as pessoas sem elas perceberem que estavam sendo usadas para o sonho dele. Era descuidado com o resultado de seus atos, mas não consigo ver maldade intencional naquelas ações. Havia uma pureza no seu agir, e quando falo isso não é coroando-o como santo, isso outras pessoas fizeram. Pelo menos por um tempo. Ele realmente era bom para aquela ocupação.

Sempre morou em mim a inquietude diante da figura do santo. Você pede algo ao santo e oferece um agrado caso o pedido se realize. Joana dizia que isso era benevolência. Eu chamo de transação comercial. Não é culpa do santo, é da sociedade que ergue o santo. Toma lá dá cá, mermão. Quem manda é o dinheiro, esse negócio do tempo ser tecido da vida só mesmo na boca de um poeta, e eu queria muito acreditar em poesia. Poesia é não pagar aluguel no Brasil.

Papai Alfredo era um cara da classe trabalhadora que achava que, construindo um barraco gigante e começando a ajudar aquele povo todo, seria um líder comunitário. Ver as pessoas felizes alimentava uma parte dele que dizia eu presto, eu tenho valia, eu não sou um qualquer. Quando Altair erguesse o braço e dissesse no megafone:

AQUI QUEM FALA É O GOVERNADOR. ESSA TERRA É DO POVO. MANAUARAS, POVO DO NORTE! QUEM É O LÍDER AQUI?

Ele estaria preparado pra dizer sorrindo:

Sou eu! Sou o líder!

Qual seu nome, meu filho?

Alfredo Sousa, seu criado.

Papai dizia que quando a gente se apresenta a uma autoridade sempre deve dizer depois do próprio nome: seu criado. Que foi assim que o pai dele ensinou como mostrar respeito. No meu primeiro dia de aula na escola nova, a professora perguntou meu nome, e eu: Sol, sua criada.

Não, não diga isso, meu bem!

É que eu respeito a senhora, professora.

Nunca mais diga isso a ninguém, entendeu?

Fingi que entendi.

Quando penso nessa fantasia de meu pai, duas certezas coexistem:

Que otário (risada).

Bom homem, meu amado pai (uma lágrima escorrendo no meu queixo).

Ele não sabia que burguês a gente nunca vê, nem nunca seria. Só a gente sabia que cada tábua do nosso barraco tinha um cheiro diferente porque foi achada, roubada, resgatada, de diversos lugares. Todos os tons que a madeira poderia ter, o sinistro da paleta, o grito de barracos que já se foram e levaram a cara de outros. Daqueles que ninguém contava para as crianças que existiram, os que levaram bala na cara, os degolados, os que foram embora de bajara, de ônibus, os que sumiram sem dizer amanhã vamos embora, os que acreditaram em loteamento, papel passado.

As tábuas embaralhadas, depois que a máquina passa por cima de uma casa, gravam as histórias de todas as pessoas que sonharam com o futuro da moradia, mas não só. Busco pelas digitais que as árvores fizeram em nossos corpos migrantes. Nem todos conseguem ter casa, apesar de sermos abrigo uns para os outros.

Era uma terça-feira. Cheiro de jerimum e folha de louro, feijão pelando na panela. O arroz com muito alho. Pirarucu tomando conta de tudo com cheiro-verde no corpo. Joana todos os dias ia deixar a quentinha dele, assistia à mastigação de Alfredo, amava observar os dentes grandes dele.

Ele precisa de mim, amo que ele só seja quando eu sou por ele.

Limpava o suor da testa de Alfredo enquanto ele comia da marmitinha como se fosse a última da vida, com a vasilha encostada no queixo. Eles nunca diziam eu te amo um para o outro. Ela sempre falava em pensamento. Alfredo, você é tão importante para mim... eu te amo. Imagino o sentir de Joana naquela época porque parecia fácil ler suas vontades se a gente parasse para encarar os olhos dela; algo ali tinha uma linguagem diferente das palavras. Talvez não fosse isso, mas eu gostava de acreditar que era. Ela me olhava e eu sabia que alguma coisa estava irremediavelmente quebrada entre nós. Tava tudo ali, sempre, na menina dos olhos.

4.

Bacias rasas de alumínio com água e um pouco de sabão. Os fundos amassados que no meu imaginar eram socos que as manhãs davam para relembrar a gente todos os dias da realidade de nosso cotidiano. As primeiras horas da manhã na comunidade Mundo Novo eram sempre com neblina, muito antes do sol rachar a pele, o galo fazendo seu trabalho de despertar as famílias, mas muitas vezes a gente acordava bem antes dele. As galinhas tristes ciscando em busca de qualquer coisa. As minhas galinhas se chamavam Juvinha e Barrinha, papai disse que eu podia colocar o nome que quisesse nelas, mas era meu dever alimentar as duas. Vendíamos os ovos e algumas galinhas.

O pé de manjericão era o único que seguia firme no vaso de Joana, ela arrancava algumas folhas e punha dentro da bacia com um pouco da água dos galões que carregávamos sempre na noite anterior da casa de um homem que tinha poço. Água era ouro, sentia falta de ter um chuveiro e poder colocar as mãos no rosto, criando uma espécie de cuia para me sentir submersa. As folhas de manjericão eram para dar vontade de realizar os afazeres do dia e desanuviar a mente. Ela nunca dizia eu te amo, mas eu gostava de pensar que esse ato era a mesma coisa.

Nos anos 90 teve uma febre televisiva que deu força e fama para homens que se diziam estudiosos da hipnose. Eles ensinavam nos programas dominicais como usar o poder não explorado da mente para coisas tolas como entortar um talher de alumínio. Joana decidiu que íamos tentar entortar colheres. A técnica era segurar com o dedão e o indicador bem na fronteira entre a parte côncava e a pega. Deixe todo o seu medo e raiva sair de você, se concentre com leveza, veja a mágica acontecer! A mente é capaz de tudo, o homem de barba branca ensinava.

Essa porcaria é só enganação para pegar leso, concluiu Joana jogando a colher de volta na caixa de papelão. Trac. Eu havia decepado a minha colher em segundos. Ela desligou a televisão sem dizer uma palavra, pegou as partes da colher do chão. Olhou bem fundo nos meus olhos como quem fingia não ter medo e disse: você destrói tudo que toca, parabéns.

Se afastou para continuar embalando nossas coisas para a mudança.

Foi a última vez que assisti televisão naquele ano, no mesmo dia meus pais a trocaram pelo nosso terreno na ocupação.

Ao olhar dentro da bacia com água e manjericão, vi um rosto amassado se misturando com o alumínio. Submergia meu rosto, sentindo o gelo da vida em busca de beijar essa parte desfigurada de minha existência. Dava para ouvir ao longe o barulho da colher quebrando, voltava assustada como se quase estivesse me afogando. Juvinha com uma minhoca no bico. Parabéns pra você nessa data querida, muitas felicidades, muitos anos de vida. As galinhas cantam por dentro e eu sabia.

O que a gente veio buscar neste lugar?

* * *

Quando chovia, a terra se transformava em barro escorregadio, dava para moldar com os dedos se quisesse. Gostava de criar pequenas pessoas e depois esmagar todas com a força de minhas percatas grudadas aos pés. Era muito gostoso poder destruir uma cidade que eu mesma criei. As galinhas ficavam me rodeando como se não me reconhecessem mais. Saiam daqui, vocês duas, vão procurar o que fazer, suas malditas! E passavam dias amuadas, corriam de meu toque pelas manhãs. Enquanto sentia a cidade espatifar, pensava sempre se seria possível um dia deixar de ser eu mesma. Me parecia um fardo enorme ter que passar a vida inteira comigo e não poder trocar.

O domingo era o único dia na ocupação em que meus pais fechavam a porta do mercadinho. Joana se punha debaixo das cobertas como um cadáver que alguém jogou uma lona para que os curiosos não vissem. Quer brincar? Você não tem mais idade para isso, Sol, me deixa em paz. Se pudesse, ela passaria dias nessa sentença, no escuro estava a salvo de mim. Nos cantos das paredes algumas teias iam se acumulando.

Sempre gostei das aranhas que moravam com a gente, são criaturas fortes e sensíveis. Deveria ser natural amar quem constrói seu próprio destino. Sentava no chão me encostando de lado na cama de Joana cadáver e imaginava de olhos fechados meu corpo aranha tecendo uma teia para nossa antiga casa no Pará. Chegando no antigo pátio da casa de Santarém, voltava a ser feliz. No meu colo, Nino, um dos cães que tivemos, que morreu com a barriga inchada perto da bananeira. Meu irmão passou uma semana deitado na lajota onde Nino morreu. Depois, quando foi a vez de Yan morrer, era no mesmo quadrado que me deitava até nosso último dia naquele lugar. Sentia falta de ter um cachorro, mas tinha minhas galinhas no lugar, minhas meninas.

Até hoje amo histórias de animais que caminham quilômetros e quilômetros para voltar ao que eles entendiam como lar. Ficava fantasiando se Raimundinho um dia apareceria em Manaus. Ele seria um dos primeiros cães migrantes da comunidade. Lembrava de todos os seres que cruzaram nosso caminho.

O conforto é deitar no vazio, mas o vazio sempre está preenchido com a memória. Na ocupação, aos domingos, que eram sempre os mais solitários, outra das minhas tantas fantasias se concretizava quando eu riscava um quadrado no barro com um graveto e fingia que era o pátio. Toda criança sabe onde abrir a porta de uma saudade e qualquer teia se desfaz com o peso de uma ausência. O dia começava sempre com o afogamento falso na bacia, eu nascia e sonhava ser Yan a cada tentativa.

5.

Minha vó um dia me falou dentro da rede, antes do nosso cochilo da tarde, que os deuses reparam mais em quem faz fogo. Era sobre acender uma vela e fazer uma oração, mas entendi da forma que quis e desde esse dia, quando alguma coisa ruim acontecia, eu escrevia minha raiva em um pedaço de papel e queimava. Gostava também de queimar insetos, as pontas do meu cabelo ou objetos pequenos que Joana ainda guardava de Yan. Era muito gostoso ver o fogo corroendo todas as coisas. Ouvia sempre a voz da vó na cabeça dizendo os deuses reparam mais em quem faz fogo.

Chegamos em Manaus na páscoa, Joana acreditou que isso definitivamente era um sinal de renovação, mas eu só queria mesmo uma caixa de chocolates. Naquele ano não teve. Também não pintamos cascas secas de ovos. Meus pais só tinham um único interesse e um único diálogo, erguer o barraco o mais rápido possível. A gente não conhecia ninguém em Manaus a quem pudesse recorrer. Até o dia em que meu pai conheceu Cleber, um enfermeiro do posto de saúde.

Contou ao enfermeiro que a gente morava na Mundo Novo e que ele precisava de uma renda extra. Cleber disse que não sabia como ajudar, mas talvez o dr. Machado pudesse ter alguma ideia. A ponte foi feita. Alfredo contou ao médico, candidato a deputado estadual, que morava na ocupação Mundo Novo e que poderia ser um bom cabo eleitoral. Machado acreditou, pois Alfredo foi falando sem parar sobre a quantidade de famílias, a necessidade das pessoas. Ele sabia se comunicar muito bem. E completou: também sei dirigir.

Papai foi capaz de abocanhar a promessa vaga de que no futuro em que Machado fosse eleito ele seria seu homem de confiança, com cargo importante e muito dinheiro.

Alfredo, o pastor.
Era a forma debochada que Joana chamava papai nas raras vezes que o beijava na minha frente. Ele estava muito animado para pregar a palavra de seu futuro deputado.

Machado vai ganhar e nossa vida vai dar um giro, filha.

Nunca tinha visto tanta poeira na vida, até hoje sonho com aquela terra e acordo com os olhos vermelhos, jurando que entrou algum grão na vista. Coço obcecadamente até perceber que não tem nada, que não estou mais na Mundo Novo. Ao mesmo tempo, sinto que nunca saí daquele lugar e fico esperando a chuva cair para transformar a terra no barro que se agarrava ao solado dos sapatos.

Nas primeiras noites, Alfredo, "o pastor", circulou pela comunidade tentando fazer amizade com os moradores, ele tinha um pouquinho mais de escolaridade que todo mundo ali e conseguia, com uma fala de "doutor", estabelecer confiança. O médico deu uma grana de adiantamento e ele conseguiu aos poucos comprar mercadorias para o mercadinho e para levantar um pequeno galinheiro. Além de uma Kombi velha, que serviria para levar as pessoas até o postinho para serem consultadas.

O mercadinho vendia um pouquinho de tudo. Também vendíamos ovos das nossas galinhas, eu era responsável por reparar todas. Joana ficava no caixa nos dias que papai Alfredo ia de barraco em barraco distribuir remédios.

Faço isso por nós, um dia este lugar vai ser um bairro muito bom de se morar e vamos ser pessoas que nunca mais vão se preocupar com dinheiro.

Eu não tinha sonhos, mas ele parecia ter muitos. Colocava um monte de morador doente na Kombi e levava esse povo todo para se consultar sem que fosse preciso aguardar em filas enormes. Ele ficava lá esperando e quando todo mundo terminava a consulta eles voltavam na Kombi para a ocupação. Ao saírem do carro, ele entregava na mão de cada um o santinho do doutor. Apertava um pouco a mão da pessoa enquanto olhava nos olhos dela e dizia: dr. Machado pode contar com seu voto, né?

Nós e as galinhas dormíamos bem cedo. A obrigação minha e de Joana nesse horário de quase noitinha antes do papai chegar era jogar em um grande buraco os sacos de nossas próprias merdas e queimar alguns lixos por cima. Comecei a pensar que os deuses não reparavam em quem faz fogo, eles eram o próprio fogo fazendo piada de nossa cara.

Durante a queima, não conversávamos, não havia palavra que ousasse sair diante daquela imagem. Sentia como se algum dia quem queimaria seria eu. O jornal em que eu me acocava para fazer era sempre de histórias do ontem. Uma vez caguei na cara do dr. Machado, página vinte e seis. Somando dá oito, o número do infinito que as garotas amam tatuar no pulso. Eu sempre vi como uma cobra comendo o próprio rabo. A escolha que seria gostosa para sempre: cagar na cara de quem não ligava para quem somos.

Ainda sobre lembranças de bosta, teve o dia em que a casa de Dona Conceição começou a pegar fogo e ela quase perdeu tudo. O filho tinha roubado alguém na comunidade e foram lá cobrar com fogo. O povo todo desesperado, com medo de que o fogo se alastrasse pelos outros barracos, teve a ideia de ir atrás de um caminhão limpa-fossa para apagar o incêndio com merda. Porra, nem os bombeiros se importavam de chegar com rapidez, às vezes nem iam. Até hoje me pergunto como aquilo deu certo, mas deu. Um fedor insuportável ficou pairando por dias, semanas.

Ainda tenho pesadelos em que acordo lavada de merda. O passado é referência de um lugar onde nunca mais quero estar.

6.

São muitos anos sendo apagada pelo meu corpo. Dormindo cinco, nove, doze, vinte horas... para lidar com perdas, dores, medos, desilusões. O sono, esse lugar de quase morte. Se a idade é o tempo que contabilizamos acordados, então serei uma criança para sempre? Desde os anos 90 na Mundo Novo eu já era uma criatura que vivia sonolenta, Joana amava debochar que era verme.

Ela sempre dizia que se a gente esquentasse um leite, colocasse na bacia e se acocasse rapidamente encostando no líquido, a lombriga descia inteira. Ela chegou a me mostrar em um livro a foto da parasita. Ela ama criança, viu Sol! E ria, ria, ria, ria.

Agora me choca que eu tenha vivido uma vida inteira fugindo da realidade, às vezes sinto falta de dormir tanto assim.

Aprendi que fingir que não sentimos torna nossa prisão temporária.

Além dos gritos de Joana, eram os sons de tiros que me traziam de volta das longas horas de cochilos que tirava escondida perto da casinha das galinhas. Meus pensamentos ruins não são sentenças, mas quando ouvi naquela tarde aquele monte de tiros soube que as coisas iam começar a piorar na comunidade.

Que meus fantasmas me ensinem palavras que caibam em canções.

Me nego a ser nascida da costela de um homem, penso que vim do barro direto.

Quando chovia tinha medo, tudo virava barro escorregadio, ficava impossível correr. Construí a casa de palitos e joguei água da garrafinha em cima. Imaginei eu, Joana e papai se afogando, isso me causou alívio. Água ou fogo, só me acalmava brincar de destruir. Era a primeira vez que ouvia a sirene do carro de polícia ali. O barro lamacento era bom para achar minhocas; escondida dos meus pais, eu capturava várias e guardava em uma cumbuca para dar de presente para minhas galinhas. Queria que elas tivessem lombrigas dentro para dormirem muito. Achava que dormir era o momento em que a gente era feliz.

Quando os corpos dos falecidos eram velados em casa, geralmente dentro do quarto em que dormiam com suas depressões, os pés eram a primeira parte a sair do cômodo assim que o morto era forçado a dizer adeus. Contam que foi daí que nasceu a crença de que dormir com os pés virados para a porta de entrada da casa atrai a morte. Quando a gente comia os pés das galinhas sentia que as coisas ruins perdiam a força. Ao mesmo tempo eu cuidava de esconder a Juva e a Barrinha quando meus pais resolviam matar alguma galinha. Tinha medo que elas ficassem sem os pés. Todo sonho parece um sacrifício, então eu evitava sonhar que a morte aconteceria de novo.

Os traficantes da região mandavam nas regras da comunidade, eles se chamavam de Família da Mundo Novo, e realmente era um negócio de família. Zé Faria recrutou os filhos, os sobrinhos e quem mais quisesse ser família se provasse ser de confiança. Só não dava para querer sair. Zé Faria tinha o lema de que membro da família só ia embora da FMN para visitar o céu. Havia uma taxa para que em breve a gente tivesse luz e água encanada. Nayane era mãe da única amiga que tive, a Rayanne, que Joana proibiu de brincar comigo porque me passou catapora. Nay foi a única pessoa que reclamou da taxa, disse que ia chamar os policiais na comunidade.

Foi a primeira degola humana que tive notícia. Nay tinha dezenove anos. Penduraram a cabeça dela no arame perto da nossa casa.

É assim que as crianças vão morar com as avós, acabam nas ruas ou são levadas pelo conselho tutelar. Joana nunca me explicou o que fizeram com a Ray. Esquece essa pretinha, encasquetou de fazer amizade com essa gente. De madrugada saí sem permissão enquanto meus pais dormiam e fui me deitar na casa das galinhas, onde pude chorar baixinho enquanto massageava o pé de Juvinha, que sonhava.

7.

Oi, sua mamãe tá em casa?

Ela saiu, mas já vai voltar.

Fui me levantando do banquinho troncho de madeira nos fundos da casa.

Calma, não precisa ter medo, filha. Me chamo Eliana, posso sentar do teu lado um pouquinho?

Fiz que sim com a cabeça, meio ressabiada.

Qual seu nome?

Sol.

Que nome lindo! Uma menina com esse nome só pode ser a alegria da casa.

Sorri, fazia tempo que alguém não me falava uma coisa tão gentil. Enquanto a gente conversava, senti a pele de nossos braços se encostar, éramos de tons diferentes de marrom, ela mais escura. Como era uma senhora bonita, a Irmã Eliana...

E você, está estudando?

Sim, a senhora acha que eu sou burra?

Quando tinha medo de gostar de alguém, costumava ser grosseira de cara.

Que bom, minha filha. Eu não acho isso, as crianças são os seres mais inteligentes do planeta, sabia? Fico feliz de saber que você está estudando. A escola é um lugar especial pra gente entender as coisas que o mundo exige de nós e pra que a gente saiba caminhar bem. Assim como a gente tem o Sol todos os dias, o estudo também está pra todos.

Bom que eu me chamo Sol.

Ri, sem perceber que me desarmava um pouco.

A senhora é professora?

Não, sou Irmã.

E quantos irmãos a senhora tem?

Tenho seis, mas quando falo Irmã quero dizer que trabalho pra Deus.

Como que a senhora trabalha pra alguém que esqueceu da gente?

Você acha que Deus te esqueceu?

Acho.

E o que faz você pensar assim?

Ele só fala com a Joana.

Joana é sua mamãe?

Sim.

Sabe, Deus fala com cada pessoa de maneira diferente, ele é uma luz que toca cada coisa no mundo. Então se Deus está em cada coisa deste mundo, cabe a cada um observar como ele quer se comunicar.

E ele tá na morte também?

Também. Ele nos ampara nos momentos mais difíceis.

É mentira, você é uma velha mentirosa!

Quem é a senhora? Joana chega falando alto com Irmã Eliana.

Passa pra dentro, Sol! Quantas vezes já te disse pra não falar com gente estranha, hein?

Desculpa, sou Irmã Eliana, queria conhecer a senhora, Dona Joana. Então acabei conversando um pouco com sua menina.

A senhora é da Igreja?, perguntou, baixando o tom de voz.

Sim, sou. E também costumo ajudar as pessoas que buscam regularizar a moradia. Mexer com papelada, lutar pelo que for preciso lutar. Tô aqui pra ajudar e também pra lhe convidar a se reunir conosco nas orações das sextas na escola.

Joana começa a chorar, como se fosse deus que estivesse ali.

Irmã Eliana, posso abraçar a senhora?

E se abraçaram, feito duas conhecidas.

Joana chorava sem parar, afogada por uma ribanceira de sentimentos que nunca soube quais eram. Para mim deus estava no vazio e em toda a ausência, mas para Joana ele estava em todas as coisas, como Irmã Eliana acreditava. Talvez a solidão fosse um troço de família, mesmo que vivêssemos juntos. Era a única justificativa plausível para aquele abraço com uma estranha.

E se eu destruía tudo que tocava, talvez eu tenha tocado em deus sem perceber que era ele. E foi assim que ele me esqueceu. Não sei se deus estava na Irmã Eliana, mas ela tinha estrelas escuras nas maçãs do rosto e um sorriso que trazia paz, o que me fazia pensar nela quando o escuro caía na ocupação e a gente podia ver as estrelas. Erguer a cabeça para contemplar o céu era uma fuga para todos ali, inclusive para mim. Ainda penso na Irmã Eliana quando tenho medo de alguma coisa, como se ela fosse esse brilho que me guia na profundidade.

* * *

A profundidade é a maior das alturas.

A tranquilidade foi roubada do meu coração antes que pudesse fincar suas unhas em minha pele para sempre. Sinto falta do que nunca tive. Não sei, não sei se aguentaria o dia em que tivesse. Fujo quando chegam tão perto de mim, como dói suportar ver meus poros tão colados ao espelho. De alguma forma foi isto que senti quando Irmã Eliana chegou ao meu lado: que eu podia finalmente me ver, mesmo que deus fosse um assunto de ódio pra mim.

8.

Na aula de natação, passei muito tempo na parte mais profunda da piscina. Se antes era a profundidade que me mastigava no círculo medonho do medo, agora era ela a me amparar. As bolhas de ar embaixo d'água, o corpo em flecha imitando um balde em seu trabalho de buscar água no fundo do poço. Tem sido fácil nos últimos dias alcançar o chão da piscina, mesmo onde os dois metros de profundidade imperam. O peso dos meus ódios é capaz de qualquer proposta de escafandro. Agora que sei nadar, posso ir ao fundo, sei que morrer não será tarefa fácil, e isso me conforta. Meu sonho seria apodrecer e voltar depois de dois dias. Não que de certo modo eu não tenha experimentado essa condição.

Apenas a cabeça de fora, palmateio a água previsível da piscina, ela em sua tristeza transparente responde, mantendo-me segura e flutuando. Estou como se estivesse sentada em uma cadeira, esperando um telefonema de Joana, para que ela retire tudo que me falou nesta manhã em que meu irmão faria aniversário se ainda existisse. Ela não vai, Sol, para de ser otária, você não aprende? Ela não vai pedir desculpas nem voltar atrás, porque precisa de alguém para odiar, e você é muito parecida com o que ela gostaria de ter sido. É uma delícia não lidar com os próprios demônios. É você, meu bem, o demônio de Joana, e ela te ama porque você presta esse serviço no altar. Eu sei disso, ela é uma fodida e quero que ela suma do planeta.

Você não quer isso, você quer ser amada por ela.

Volto para casa. Sinto um cheiro de merda insuportável. Preciso limpar este lugar. Encho o balde, coloco sabão, encho o balde, faço espuma, jogo como onda na pequena área onde estendo roupa. A chuva vai caindo, vem rápida, barulhenta, ajuda na limpeza. Carrego balde, vassoura, pá. Rumo para o quarto pequeno, com as poucas coisas que consegui acumular. Agora mergulho três vezes o pano no balde com água e detergente. Piso no pano e vou dançando, como se a extensão do quartinho fosse salão. Guardo tudo. Tomo banho, deixo tudo ir embora pelo ralo. Com a toalha enrolada no cabelo, dou uma olhada na área, uma examinada no quarto, sorrio contemplando o carinho comigo mesma, com meu espaço. O coração sem tristeza, tá limpo também. Resolvo que é um bom momento para ligar.

Não precisava ligar, você sabe que hoje é um dia que gosto de ficar em paz com minhas orações.
Eu queria que a gente ficasse feliz por saber que o tempo passou e que estamos vivas e bem.
Feliz? Você consegue se ouvir, Sol? Como você é capaz de ficar feliz sem seu irmão aqui?
Você não foi a única que perdeu alguém.
Macho a gente arranja em qualquer lugar, um filho não.
Gabriel era meu companheiro, ele era uma pessoa de verdade, coisa que você nunca consegue ser comigo.
Pelo menos agora você entende que vai morrer sozinha, com esse seu jeito desgraçado e mal-agradecido. Dez anos da morte do teu marido e nunca mais arranjou ninguém.
Eu sei o que sou, e não sou isso. Você não me conhece.

Não posso mesmo esperar nenhum apoio seu. Nada vai trazer de volta meu irmão. Ele era uma criança que ainda nem tinha desenvolvido direito uma personalidade, mas eu tô aqui, eu tô viva, droga!

Cala a porra dessa boca! Eu gostaria que você tivesse morrido no lugar dele.

Tem certeza? Tem certeza, Joana? Então que você morra engasgada com cada palavra dessas. Eu te odeio e eu amo te odiar.

Começo a chorar, misturando lágrima e cloro. Ela não vai telefonar para se desculpar, entendi. As versões que me habitam querem se destruir.

O pequeno submarino de meus olhos
naufraga.

Que foi, Sol?, pergunta a professora Marília.

Entrou água nos meus óculos, minto.

É horrível essa sensação, você pode descansar agora.

PARTE III
Degolando as criaturas

1.

Com um círculo na terra de quintal menina cria proteção, apenas algumas criaturas podem entrar além dela, são as pequenas filhas de tiranossauro rex. As três são sobreviventes das grandes explosões do mundo. Menina Sol, Juvinha e Barrinha. Todas as galinhas têm pés de dinossauro. Todas as crianças têm pés de galinhas ciscando presentes. Nos meus dias avexados de cunhantã, minha pressa era crescer e aprender a voar bem alto, no mais alto que pudesse, e ensinar minhas galinhas como as mães ensinam suas meninas o que sabem a seus estranhos modos.

Joana me ensinou a fingir que sempre estou bem.

* * *

Fiz questão de dar para as minhas filhas dinossauras o raio que sai de minha cabeça e os estalos dos pequenos ossos de meu pé, com pele grossa ressecada do pisar dos dias. Cada dedo puxava a terra para vontades de futuro sem peneira de quantidade de vida. Saber rodopiar em torno de si, dançar música que só existe na cabeça de menina enquanto o arroz apruma na panela. As obrigações iam embora quando eu e as galinhas demarcávamos nosso lugar. Os adultos não sabiam, pensavam que tudo daqueles lotes era deles, mas era das crianças e dos bicos de minhas amigas. Escolho acreditar que tudo que há no mundo é das criaturas que não levam o ódio no coração por escolha.

Longe de nosso círculo existia a morte e a ameaça de perder a casa, a esperança, a cabeça. Coisas muito similares no mundo humano e galináceo.

O batuque por entre as penas. Eu carregava Juvinha nas duas mãos, como se fosse chamegado que a gente dançaria. Sempre soube que ela lembraria meu rosto em todos os nossos dias na ocupação, como todas as galinhas conseguem gravar até cem feições de criaturas variadas, basta que tenham um rosto. E tem gente que não tem, que usa pano de cobrir sentimento. Às vezes me perguntava se Juvinha via a feição de meus pais, que eu já não dava conta de saber quem eles eram depois que Yan morreu.

Procurava o rosto de Joana como quem busca um desenho
   na massinha de modelar
   até perfurar
   a tentativa.

Hoje sei que era impossível criar a mãe que sonhei ter. O ovo galado que a gente descobre aproximando a vela da casca.

Preciso ficar controlando o açúcar, comecei a praticar natação não só pela vontade de aprender a nadar, mas para buscar uma vida mais saudável. Costumava roubar uma caixa inteira de chicletes do comércio de meu pai, colocava uns três na boca para dar corpo suficiente para as bolas que gostava de fazer. Sentava escondida dentro do cercadinho das galinhas, eram umas quinze, mas só Juvinha e Barrinha se aproximavam de mim. Barrinha gostava de bicar as bolas de chiclete quando elas estavam grandes, maior que a cabeça dela e quase com o tamanho da minha.

A mentalidade que nos conectava.

Quando a bola estourava, eu ria muito, gostava de ver o rostinho dela assustado. Abraçava Barrinha te amo, você sabia que eu te amo minha menina. Colocava sempre um tic-tac colorido no cabelo, que elas viam colorido, vovó me disse quando ligamos para ela do orelhão.

Não era sempre que dava para ouvir a voz da vovó. Agarrava o fio de metal que guardava voz que vinha e que ia. Solta o telefone, Sol, o cartão vai acabar, preciso falar com a sua avó, solta esta merda! Barrinha encostou a cabeça no meu joelho. Sim, eu tô triste, não quero mais fazer bola de chiclete. Joana disse que não vou mais quando ela for ligar.

No momento que eu abraçava minhas galinhas sentia algo se dissolvendo dentro do barro dos pulmões. Quando nado penso muito sobre apego e amor, nunca soube o que era um ou outro, se eram a mesma coisa. Sou apegada a esquecer, por isso dou braçada após braçada. Na época da ocupação eu não tinha como nadar, mas dava um jeito de criar meu mundo. Sempre me escondi para viver outras realidades. Meu pai dizia que era coisa de gente idiota ficar dando nome para galinha, mesmo que ele tenha deixado eu pôr nome nas minhas. Quando eu errava com meus pais, eles me ameaçavam.

Tá na hora de crescer, Sol, qualquer dia essas galinhas vão ter que morrer.

Mas, pai, você prometeu que as duas não iam morrer.

Por ora você pode ficar com elas, mas lembra que a pior coisa é ficar agarrada nas ideias. Depois você se fode porque tudo acaba.

Que nem o Yan acabou?

Me deu um tapa na cara.

Ficamos uma semana sem conversar. Contava cada lágrima para as galinhas e elas ficaram fluentes no meu dialeto.

Uma galinha põe ovos sem precisar de um galo, Juvinha me disse na nossa troca de olhares nas manhãs, naquela semana Joana jogou milho pras galinhas comigo em silêncio. Em silêncio também sentamos no batente da porta que dava para o quintal e descascamos laranjas.

A laranja cura a cegueira noturna da viajante que atravessa espaço tempo dessa nesga arrancada do indicador, que tem medo de ter que sentir lágrima rebentando com a mesma força da clara que gruda e anima os olhos. Ainda estamos vivas uma para a outra, e quero te ligar de um orelhão hoje, Joana. Dizer que lembro desse carinho tão breve de sua companhia.

E sempre volto para a casinha da Mundo Novo
ou talvez nunca tenha saído
me dedico nas aulas de natação para saber mesclar lágrima e cloro
sem ninguém perceber
e você de longe sempre percebe
descascando uma laranja, preparando um planeta machucado,
como nós.

As galinhas gostam de laranja? Quebro o silêncio.
Não sei, tem coisa que não sei, Sol.
Descascar laranjas era o relaxamento de Joana depois dos afazeres semanais de lavar os ursos de pelúcia, as roupas e os lençóis. Diferentemente de outras mães de mortos, Joana gostava de deixar tudo que era de Yan com um cheiro novo, como se ele estivesse prestes a nascer. Sempre dizia que tudo precisava ter cheiro de

laranja como o cabelo de meu irmão. Foi a única vez que ela me deixou participar. Guardava sempre nossas únicas vezes soprando no bico das galinhas minhas solidões. Hoje Joana me amou, você viu, Juvinha? E soprava forte no bico. Os olhinhos fechavam, era um sim.

2.

Aprendi a conviver com minhas merdas. Em algum momento é necessário encarar os excrementos do mundo e os seus. Vou passar a merda da galinha nos seus dentes para que eles caiam e você saiba que nunca deveria ter me desobedecido. Nada que você faça vai trazer seu irmão de volta. Era a praga que Joana me rogava.

Enrolar a língua e mastigar, cada dia mais eu falava menos.

Fui apresentada a práticas que eram de meus avós no interior. Em uma ocupação não existe esperar o tempo de uma casa se erguer, é preciso se erguer junto com as ripas.

É de urgência manter os olhos atentos, dormir sem dormir. Enquanto a casa vai sendo construída, você finge que descansa em redes e colchões ao ar livre, com medo de que cheguem e levem todas as suas coisas, inclusive sua vida. Não é romântico, não é bonito, não é tranquilo. As percatas da gente nunca mais desgrudam do barro. Aquela terra que nasceu sua, mas é de alguém no papel, como se os papéis demarcassem territórios. Povo pobre mesmo com papel não vale centavo algum, mas rico até sem papel pode tudo.

Joana contava que na casa onde ela cresceu tinha uma casinha no quintal parecida com um poço, era escura, muito escura. Um metro quadrado cercado por paredes de tábuas velhas e musgas tábuas. O vô cavou esse buraco bem fundo, imitando a força de um parente tatu. Ela entrava nesse cubículo, baixava a calça e se punha de cócoras. Era ali que se depositavam as merdas uma por cima da outra de dias e meses diferentes de todas as pessoas da casa. Joana olhava aquele buraco raramente, era difícil encarar, não tinha vontade, a hora de ir ao banheiro era como encontrar com algo ruim, mas até termos nosso banheiro ela decidiu que faríamos diferente: seria em cima do jornal, dentro de casa.

As merdas são os mapas dos corpos nos potes hospitalares e nos buracos das terras de pessoas esquecidas. Saneamento básico não era um conceito que eu conhecia, só mais tarde entendi que minha saudade de ter vaso sanitário não era algo tão vergonhoso como eu pensava. Juro, cheguei a sonhar noites e noites com um vaso bem limpinho. Depois de adulta passei a escolher as casas que alugava principalmente pelo banheiro. Isso se tornou uma prioridade, que só eu compreendia.

Papai nunca chegou a conversar comigo ou tentar me acolher sobre a questão da merda, era mais uma dessas coisas que os adultos fingem não doer para que as crianças não se sintam tristes ou para que eles mesmos não se sintam humilhados, mais do que já estavam. Ele preferia focar em outras coisas, coisas boas. Umas delas era ter conseguido montar um novo mercadinho e erguer nossa casa, era tudo a mesma coisa. Comércio e moradia, separados por uma única parede. Nunca existiu meu quarto prometido, era tudo um grande salão. Joana via meu pai feliz e isso bastava, por mais que odiasse cada minuto naquele lugar e a casa sem divisórias. Ela não era de reclamar, pois tinha sido dela a decisão da mudança, então procurava contornar cada dificuldade tentando animar meu pai e inflar sua confiança. Quando ela falava que tudo ia dar certo, até eu acreditava. Era o jeito que ela falava, o olhar que lançava pra gente, não sei, ela era boa em convencer, até a si mesma.

Quando oficialmente o comércio inaugurou, a maioria das pessoas da invasão ia lá fazer as compras do mês. Papai quebrou todos os outros pequenos comércios em questão de semanas, não porque o comércio dele era grande, mas porque as pessoas gostavam dele, da conversa dele, da caridade dele ou simplesmente do sorriso dele.

Nesse mesmo período tive catapora e na semana seguinte hepatite A. Foi um pouco assustador vivenciar essas duas doenças em tão pouco tempo, mas Joana fingiu que era normal, que toda criança passava por aquilo da mesma forma que eu estava passando. Olha as crianças aqui do fundo tão assim igual tu. Estavam mesmo, mas a maioria tinha apenas catapora ou só vômito, ou só estava um pouco amarelada. Apenas eu tive as duas doenças. Talvez elas também acreditassem que aquelas semanas eram normais, que aquela sequência de fatos era comum. Tomava banhos de assento com ervas, Joana também enchia uma bacia com água morna e dissolvia ali um tablete cor-de-rosa, que deixava a água da mesma cor. Com essa água me banhava com uma cuia da cabeça aos pés, bem lentamente. Ajudava a secar as bolhas.

A catapora começou com duas bolhas entre os seios, que mal existiam.

Encostava o queixo no peito, conseguia vê-las cheias de água pela metade, eram feitas para dar pé. Pequenas cúpulas marítimas que imitavam calos. Joana torcia minha orelha e dizia: não estoura! Vai ficar cicatriz! Desobedecê-la sempre foi o que me manteve firme no caminho de ser quem eu queria ser sem entender nada sobre construir um ser humano. Desobedecer também era meu atalho para mendigar amor e ser mais rápida que ela, a campeã de machucar para se proteger.

Por que se preocupava com a temperatura do banho de bacia ou com o estouro das bolhas do meu corpo, se as palavras que me dava causavam brotoejas, queimaduras, coceiras, cortes, erupções, buracos? Pensava muito no rosto de Yan enquanto estourava escondida as bolhas e sentia o fedor daquela água que guardavam.

A culpa nasceu empelicada. E o deusinho de minha mãezinha sempre gostou do castigo e de fazer um irmão matar o outro. Seja feita a vossa vontade. Olhava bem fundo nos olhos dela enquanto pegava a água cor-de-rosa com uma cuia e me banhava.

Eu era uma ilha dentro de uma bacia remendada.

Sentia as mãos delicadas dela pelo meu corpo, achava bonito perceber os ossos de suas mãos e as veias saltadas. As unhas sempre pintadas ao menos com uma base, bem cuidadas. Havia uma semente de vaidade no meio daquele inferno. Ela era a mulher mais bonita que eu conhecia. Pegava uma lata de leite condensado do mercadinho, anotava no caderno de controle das mercadorias e abria com cuidado duas boquinhas opostas na borda da lata. Por que duas? Um furo é para beber e o outro para o ar sair, assim você aproveita melhor sem esforço. Diziam que era bom entupir a criança de doce para a hepatite sarar, mas hoje sei que é um mito, o leite condensado apenas ajudava eu me manter em pé, pois vomitava todo o resto do que comia. Papai disse que ia pedir para o tal médico ir me ver em casa, mas ele nunca apareceu. Foram semanas me coçando não só por conta da catapora, mas da hepatite A. Eu precisava ser hospitalizada, mas Joana queria ela mesma cuidar de mim, tinha pavor de hospital. Preparou muito soro caseiro, foi o que me fez perder o leve tom amarelado. Sobrevivi por sorte.

    Alfredo era bom com promessas.
    Joana queria resolver tudo.
    Leite condensado era um luxo.
    Queria ter catapora e hepatite para sempre.

Papai do céu, por favor, quero ficar doente para sempre.

Eu teria o carinho de Joana e ela esqueceria de Yan.
Como é ser um filho morto eternamente amado?
A morte me parecia algo bom e a doença um ensaio do amor eterno.

3.

As roupas que secam dentro das máquinas batem nas paredes de aço, por isso sabem muito sobre a mecânica da escuridão e das palavras frias. Diferentemente das roupas daqueles dias na ocupação, que brincavam de onda e liberdade recém-nascida. As roupas de um varal não reparam em pregadores ou em suas orelhas penduradas no emaranhamento de duas cordas. Sempre é possível se movimentar sem perder a referência. As estacas trazem violência e ao mesmo tempo dão espaço para a leveza, é disto a matéria de um varal: brutalidade e maleabilidade. As mesmas cordas e estacas em outro momento também findam a vida de qualquer um, e isso me paralisa diante de qualquer varal até hoje.

Às vezes eu ia visitar Irmã Eliana e a gente ficava conversando enquanto ela estendia roupas e lençóis. Na minha casa as coisas tinham cheiro cítrico, na casa dela eram a lavanda e o cheiro da pupunha quentinha que compunham o cartão de visitas. Gostava de tocar os lençóis úmidos como se toca um rosto recuperado do choro. Ia tateando e falando sobre o que as galinhas fizeram no dia ou o que aprendi na escola. As coisas macias ainda tinham espaço no meu sentir.

Também gostava de escutar sobre os perigos que a Irmã passava por ajudar tanta gente sem moradia, sem terra. Corria dentro de mim uma vontade tamanha de sujar os lençóis de poeira quando ela não estivesse olhando, só para tudo ser lavado de novo e eu ter mais tempo de conversa com ela. A voz da Irmã era calma, uma presença forte, era bom ouvir enquanto via a silhueta dela por entre os lençóis no varal. Eram as paredes de nosso confessionário ao ar livre. Uma igreja sem deus. Enquanto deslizava meus dedos pelo lençol de rosas, fazia perguntas e contava tudo que vinha à mente.

Irmã Eliana, por que a senhora gosta de ajudar gente sem casa?

Abriu a parede do nosso confessionário dançarino como alguém tímido entrando no palco.

Quando eu era criança, igual você, morei de favor em muitos lugares e ficava sonhando em como seria ter a minha casa, mas depois que consegui realizar esse sonho...

O que aconteceu, Irmã?

Um grupo de homens a mando do dono das terras, que não morava lá, queimou tudo enquanto eu tava fora.

Se ele era dono, por que não morava lá?

Nem todos os donos fazem alguma coisa com suas terras, nem sempre eles são donos mesmo e nem sempre o dono é uma pessoa, às vezes é uma empresa, um governo. É um pouco complexo.

Joana diz que sou boa com coisas difíceis. Acho que entendi. A senhora vai embora daqui quando lotearem? Vai ajudar outra gente? Papai Alfredo disse que logo vamos ter um papel carimbado com nosso nome e que vão dar um número pra cada barraco, digo, casa. Eu queria que a nossa fosse a número oito.

Por que oito?

Fui para trás de um lençol, não queria que ela me visse.

Era o dia do aniversário do meu irmão que se afogou.

A Irmã ficou bem perto da parede de lençol.

Tudo bem chorar. A saudade é uma flor que se mostra vez ou outra no coração das pessoas.

Joana disse que não tenho coração.

Sua mãe fala isso da boca pra fora. Quando as pessoas estão tristes falam sem pensar.

Tenho que ir, preciso limpar o galinheiro.

Tá bem, minha filha.

Irmã Eliana, promete que vai ficar aqui até o dia que colocarem o número oito lá na frente da nossa casa?

O lençol ondeou entre nós, estava quase seco. Ela me abraçou por trás do lençol, feito quem perdeu medo de fantasma, e foi assim que percebi que eu era de verdade.

Prometo, Sol.

4.

O cloro come os restos que insistem em construir suas casas debaixo das minhas unhas pela primeira vez crescidas. A seca noite dentro do meu quarto sem as raias como guia, o umidificador é o único que segura minha mão. Passo a ponta das unhas pelos dentes, sentindo o prazer de imaginar como seria ceder e roer todas até o sabugo das minhas impulsividades, sem calcular nada, para que chegassem pontiagudas à língua. Sinto falta de me machucar para sentir meu sangue com a desculpa do estanque. Muitos olhos disseram aos meus que não havia gota alguma correndo dentro de minha carne, que o vazio era meu balanço no galho da árvore vendo de longe bem longe as galinhas chorando em silêncio antes de lhes rodarem o pescoço em degola.

    Nem toda degola é um corte.
    Quando rodamos os pescoços das bichas também dizemos assim:
    Degolei mais uma.
    São finais secos, doem igualmente.

    Sempre esperei minha vez de rodar rumo ao sufoco e ao alívio. As galinhas depois de degoladas finalmente podem voar feito as águias, pensava. Tentava me enganar para moer a dor, aprendi observando. É insuportável amar alguém que me abandonou no inferno, esse lugar que chamam de cotidiano e cujo dialeto desconheço e por isso tão perturbador. Desejo uma vida onde caiba felicidade, mas não aguento mais bancar esse desejo. Gostaria de voltar atrás na decisão que tomei e ter um filho com qualquer homem, ele nasceria nesta piscina, o cloro ia desistir de sua função de limpeza profunda, não há como deter o trabalho do meu corpo de ser tudo que ele pode ser. Escolhi estar sozinha, sempre tive medo de repetir o jeito de Joana.

As crianças sabem nadar antes de nós.

Um dia Joana me jogou no igarapé com essa certeza, fui descendo os lençóis das águas, foi minha primeira visita ao lugar que imagino quando caminho para qualquer lugar que não desejo. Meu desejo não importa desde então. Foi ela também que mergulhou para me procurar, arrependida de sua crueldade em acreditar no instinto infantil para o nado. Sabes que não sou criança, sou o diabo, quis lhe falar naquela tarde. Olhou nos meus olhos cheios de quase morte.

Era para você reagir, todos os seus primos sabem nadar, porra.

Chorou me abraçando, como se esmagar fosse afagar.

A boneca de papel que se molda para controlar a chuva, se contorcendo, sulfite vagabundo, gramatura baixa, o peso da tinta que escreve meus pensamentos é gigante. Ainda trovoa dentro de mim, escuta. Não gritei naquele dia, porque não fui capaz nem ao menos de querer respirar. As unhas que eu roía longe dos olhares todos escondia embaixo do colchão, eram as minhas pequenas raivas e fúrias mortas, como lembranças de coisas que nunca fui capaz de dizer. Ainda não digo.

Respiro fundo, sobreponho as mãos, meus braços viram uma flecha, me lanço sem medo para a ficção que é uma piscina. Preciso tentar nadar.

Posso voar antes de morrer.

5.

Logo que chegamos em Manaus, Joana entrou em contato com Nice, uma amiga dela da época de escola que trabalhava como montadora de televisores na fábrica da Sharp. Ficava na gaveta de calcinhas de Joana o caderno magro com páginas amareladas cheio de telefones e endereços de pessoas que passaram pela nossa vida, quase festa, quase reunião de Natal, quase cemitério. Nice estava ali grafada com amarelo, a cor das esperanças para Joana, como a chama das velas de todas as noites.

Orar e vigiar, diziam os antigos. Joana, quase uma adolescente, dizia orar e agir. Fui aprendendo a engolir o medo e fazer acontecer nesse jogo de imitação de observar. Tinha ciúme da santa à qual ela se entregava de joelhos, pedindo e agradecendo às vezes por nada. Nunca me ajoelhei porque quis, fazia por obediência. Sol, fica mais forte o pedido se a gente reza junto. Papai nunca era convocado. É coisa de mulher ter fé, ele dizia, arrotando o jantar.

Então, eu era um bicho?

Só acreditava na água quente que fervia as galinhas, na faca que fazia raspa raspa para passear pelo pescoço de quem não falava. No relógio com palito de picolé fincado na terra. Na cicatriz da palma da minha mão. Na dor que não sabia que era dor e massacrava meu olho esbugalhado de querer adivinhar o depois. Fé era acreditar que mesmo a galinha com a cabeça dentro do cone velho de trânsito ainda teria chance de vida. Tinha fé no sangue delas porque virava caldo e parava dentro da gente, dando força. Existia, nos afetava e fazia um barulho imundo nos dentes de papai Alfredo. Minha fé era na morte, que habitava todas as coisas.

Acompanhar Joana nas idas ao orelhão era feito passeio, andávamos um bocado mesmo nas tempestades, o som que as percatas faziam no barro era diferente quando estávamos juntas. Vi uma vez aquele filme *Cantando na chuva* e tentava dançar segurando na mão dela. Para com isso, que a gente vai cair. Uma espécie de amor salmoura que nos apetece porque nos mantém mortos e vivos ao mesmo tempo e se esconde nas imaginações que nos ferem nas madrugadas para sempre. Amar a mãe que parece não nos amar é mesmo mistério.

Vamos comprar calcinhas novas e vou poder ajudar a comprar mercadorias para o mercadinho, vai ser muito bom, minha filha! Nice disse ao telefone para Joana que ela ia conseguir uma entrevista de emprego na Sharp, que Joana só precisava estar no outro dia bem cedinho na empresa. Inclusive ensinou a condução que ela tinha que pegar.

Joana entendeu aquilo como um sinal das rezas e tinha certeza de que o emprego seria dela, eu soube disso só de ver como ela enrolava os dedos no cabelo e sorria enquanto ouvia a amiga falar. Enrolava o cabelo durante a ligação, como fazem os apaixonados. No caminho de volta resolvi tentar outra vez dançar pulando enquanto segurava sua mão. Ela não disse cuidado, apenas riu e segurou mais forte a minha, não como quem gostaria de me parar ou controlar meus movimentos, mas como se falasse pode brincar, hoje eu seguro você.

Recusei a ideia de que aquelas terras invadidas eram fortes na palavra errada. Uso por hábito, mas com esse corpo no hoje entendo que não há invasão do que sempre foi nosso. Ocupamos uma terra em que o mato crescia como crescem os sonhos dos que tiveram permissão para imaginar.

Imaginação foi uma lasca de pele que veio depois. O sol esfriava trazendo o alerta de meu deus mais um dia amanhã. O que se ergueu hoje pode ser destroncado amanhã. Quando sinto a força dos braços ao nadar é uma vaga visita ao interior da força que nenhuma criatura tão pequena deveria ser obrigada a ter. Aprendi com Joana.

6.

Sempre gostei de dar preferência ao nome do que à função. Alfredo era meu pai, mas eu preferia pensar nele como uma grande criança perdida que tinha uma risada esquisita e me relembrava de coisas que eu gostava na Mundo Novo. Ia juntando minhas predileções para não me sentir tão ansiosa, me comunicava melhor sem precisar falar.

Alfredo não entendia minha proximidade com as galinhas, mas fazia concessões por ver que isso me mantinha envolvida com um assunto que ajudava na renda e estabilizava as crises em que eu comia meu cabelo e minhas unhas. Gostava de chamá-lo de papai quando queria que ele cuidasse de mim, e eu sempre tive essa vontade eterna de ser cuidada. Carente, ouvi uma vez a vizinha Lurdes aconselhando Joana a me impor mais tarefas domésticas. A verdade é que eu poderia gastar horas, dias, semanas com um mesmo tema até que dominasse tudo sobre aquilo, mas era constantemente impedida de avançar nos meus conhecimentos porque sempre havia alguma tarefa de casa para fazer.

Uma garota sempre tem lençóis para dobrar, coisas para limpar e suor na testa. Não há descanso para nós, por isso muitas vezes nos apetece a ideia de uma princesa em coma que recebe um beijo na boca. Na morte há um descanso e um afeto. Gostava de brincar de morta com as galinhas.

Deitava no chão, folhas e folhas, gravetos, grãos esquecidos. Demoravam certo tempo, mas sempre me bicavam. Aguentava sem me mexer, para sentir como um morto se sente quando querem que ele regresse ao que ninguém deveria querer regressar. Pensava que a vida de todas as crianças era igual à minha e por isso todas nós sonhávamos em morrer. Meu irmão ganhou de presente a morte, e eu o invejava em todos os encontros dos ponteiros de nosso relógio feio que ficava perto do fogão. Viver me parecia atraente quando me sentia amada por Joana, era tão raro.

Papai tinha tudo para ser um bom comerciante, fazia qualquer comércio crescer muito rápido, não importava que estacas precisasse mover para conseguir isso, mas depois ele não conseguia manter. Daquele tipo de pessoa que nunca termina o que começa. Ele era bom de cozinha, antes de ter mercadinhos vendia merenda na frente das escolas, vitamina grossa de abacate dentro da garrafa pet verde, eu amava ver dois tons de verde juntos. Sanduíche com bastante queijo e, diferentemente de outros, com um punhado de orégano, uma folha de manjericão e uma rodela bem vermelha de tomate. Parece uma pizza, pai! Eu trabalhei em uma pizzaria quando era adolescente. História que depois Joana disse que até era verdadeira, mas que ele tinha pisado na bola e logo foi demitido. Imaginava papai Alfredo comandando uma cozinha gigante, rodando massas na ponta dos dedos. Gostava de atribuir magia a meu pai, de acreditar que ele era perfeito. Ele era o que eu queria que ele fosse quando esticava suas falas dentro de minha mente.

Ficava horas e horas brincando de cozinheira; substituindo obsessões, eu seguia sendo lida como uma criança repetitiva e fácil de entreter. Nunca consegui me satisfazer com nenhum de meus interesses. Mesmo adulta me perguntava todas as manhãs se nadar era um desses assuntos que se configuraria como obsessão até que eu aprendesse à exaustão, me cansasse e inevitavelmente a abandonasse. De certa forma eu, ao contrário dele, terminava o que começava. Só que depois não via mais sentido naquilo. Ia aprendendo devagar para que o tempo com a piscina fosse maior, limitar o meu prazer para não perder nenhum pedaço dele. Não queria que aquele interesse acabasse.

Quando a venda de merendas foi ficando fraca, ele resolveu se oferecer para cuidar das galinhas de um amigo de Joana, esse homem tinha um sítio cheio de potenciais negócios. Um dia por semana íamos tomar banho de igarapé por lá. Yan gostava de se jogar na água depois de balançar em uma corda enorme amarrada na árvore. Eu tinha medo, pensava sempre que poderia ficar paraplégica, jamais tentava.

Alfredo vendia os ovos vermelhos das galinhas e de duas em duas semanas matava algumas para vender também. A textura e a cor da carne delas eram diferentes das galinhas desfiadas de supermercado. Tinham menos carne, mas eram bem mais saborosas. A gente montava uma mesa perto do galinheiro.

Vamos comer com elas olhando?

Assim elas aprendem o ciclo da vida. Dizia isso enquanto jogava um pedaço de galinha para as outras galinhas.

Imaginava que elas aceitavam comer umas às outras para guardar as lembranças daquele lugar e de suas famílias para sempre, dentro de si. Quantas galinhas existiam em nosso prato? Gastava muitos minutos com essa questão enquanto remexia a comida no prato sem vontade, cada vez mais sem vontade.

A mudança para Manaus fez do meu pai um homem interessado em usar todas as habilidades que tinha, como se aquela fosse a última chance de felicidade. Tentar era barganhar com o incerto.

Tirem essas vendas de minha casa, chicoteava o Jesus de minha mãe no livro da catequese.

Gostava de olhar Alfredo de longe e fingir que o chicoteava, ficava fazendo movimentos no ar e barulhos com a boca. Brincar de deus era engraçado, e eu via muita graça em manipular a realidade no pensar.

Sou livre para errar dentro de mim, mas gostaria de ser livre para acertar fora de mim.

Manteiga, açúcar, amido de milho e trigo. Ele me ensinou a misturar em uma tigela com as mãos, depois formar pequenas bolas. Na travessa, marcar com o garfo a cabeça desses pequenos habitantes. Criando caminhos para o paladar.

Podemos não fazer essa marca nos biscoitinhos, papai?

Foi assim que sua vó me ensinou, não vamos mudar nada.

Sempre quis mudar as marcas de nossas cabeças, de cômodos, roupas. Queria ser, mesmo triste, uma nova tentativa para nós. Tudo já estava aqui antes de mim, o que sobrava para as mãos moldarem? Percebo hoje que todo rosto que toco vira névoa, nada é alcançado por completo desde a época que eu tinha uma família. Nada seria capaz, nada. Os biscoitinhos seriam sempre assim e pronto.

Papai Alfredo tinha marcas perto dos olhos que lembravam os pés de Juvinha, era assim que a gente sabia que muito tempo já se passou para os adultos, que escondiam suas marcas o quanto podiam. Colocava meias nos pés das galinhas para que o deus de Joana as confundisse com pés de humanos adultos.

A resposta do caminho está nas marcas do corpo.

A morte só alcança criança e animal, era minha certeza naquela época.

Alfredo me ensinou tudo que sabia sobre galinhas, assim eu o ajudava com a venda de ovos. A parte de cuidar das assassinadas era de Joana. Ela as depenava enquanto cantava um cântico de são Francisco de Assis. Não havia pecado na carne sem alma dessas criaturas. Matar um humano jamais seria igual a sentenciar uma galinha para meus pais.

Todas as criaturas estavam postas no mundo para nos dar de comer, entre outras coisas.

Quando a noite surgia completamente, dava para ouvir as galinhas de outros vizinhos gritando de dor, não eram apenas as mulheres as abusadas quando a lua se impunha nas cabeças loteadas. Éramos parecidas quando a violência era o fel dos dias.

Juvinha começou a quebrar os próprios ovos e os das nossas outras galinhas, estava instaurada a loucura em sua mente aos moldes de Joana dormindo cercada dos ursos de pelúcia de Yan nas sextas-feiras de batismo das crianças na comunidade. Nada era capaz de parar a analogia em minha cabeça, tudo era novidade, aqui era uma nesga do inferno em que as galinhas eternamente comem suas próprias versões fritas, assadas, cozidas, cruas.

Sentia o gosto cru da tristeza como quem sente o sangue fresco recém-saído dos lábios depois de um corte rápido. Lamber estanca o crescimento do desejo. Amanhã, quando fosse o sol a se impor, sabia dentro de meu estômago, Juvinha seria sacrificada. Aqui neste lugar as fêmeas não podem ser o que não foram coroadas para ser. Aqui neste lugar não há novidade. Aqui neste lugar todas nós queimamos ou viramos adubo.

Só eu poderia e o fiz.

Segurei seu pescoço, coloquei sua cabeça dentro de minha boca por um instante, queria que ela visse que não havia nenhuma palavra dentro de mim, estava vazia como sempre me senti. Ela me olhou como quem uma vez na vida precisa implorar. Apertei mais forte seu pescoço, a girei.

A degola era como uma dança, a mesma dança raivosa que Joana fazia com a panela de pressão para desfiar a carne das galinhas aos domingos. Juvinha foi amolecendo sua estrutura, não estava mais ali a curiosidade, a coragem, a fome. Essa foi uma das minhas piores mortes, o sacrifício, a punição por amar algo tão alheio a mim e tão idêntico.

Alfredo sorriu e disse: agora você entendeu como é a vida.

Eu o odiei naquele instante, como jamais achei que odiaria um dia.

É possível odiar e amar na mesma proporção.

Juvinha, não. Juvinha eu apenas amei.
deus da Joana, me diz: como se reconstrói uma galinha e um coração mortos?

7.

A água quente na chaleira. A galinha na bacia. O vapor subindo enquanto a água encontra o corpo mole. Começo pelos pés, seguro os dois bem perto um do outro, vou puxando uma espécie de casquinha que cobre os dois. Nesse momento, com a ação da água quente já fica mais fácil retirar as penas, grandes, pequenas. Algumas puxo com o gesto de quem tira uma agulha de uma almofada, depois vou passando a mão pelas costas e pela barriga. A galinha vai ficando nua, é preciso ter jeito para não arrancar a pele. O processo dura quase dez minutos, pois sou lenta. Lembro que é o corpo de Juvinha ali, continuo a depenar sem me entregar ao choro desequilibrado que esperei me levar até onde o profundo nasce. Apenas choro sem mudar a expressão de vazio no rosto. Choro como se o ódio, como sentimento universal, nascesse pela primeira vez em meu rosto. Sou um padre frio percorrendo longas distâncias para ver a lágrima de sangue no rosto da imagem de uma santa. Quem encontraria meu rosto empedrado com uma única lágrima? Um fedor insuportável de cadáver que a água quente levanta. Sinto vontade de vomitar, chego a sentir o sabor da bile na boca, engulo como a grande nojenta que sou obrigada a ser. A figura de meus pais são indispensáveis naquele momento, me odeio o suficiente.

Minha mãe e eu demos banho no meu pai quando ele morreu, antigamente a gente é que preparava o corpo dos nossos parentes. Não era como agora, que a pessoa morre no hospital e a gente só vê no caixão, sabe? Contava Joana enquanto me via colocar tempero dentro de Juvinha pelo cu.

Queria ter dado banho no seu irmão, ter passado o xampu dele, dizem que eles lavam o cabelo das crianças com detergente, já pensou?

Ele morreu tomando banho, será que não foi banho demais?

Como tu é perversa, sua molequinha.

Fiquei calada até ela perceber que eu queria preparar Juvinha sozinha.

8.

Mataram mais um, viu, Joana?

Alfredo sempre ria quando começava a dar essa notícia recorrente.

Nossa Senhora nos proteja. E quem foi?

Um galeroso que tava roubando lá em cima. Apontou para o pequeno morro atrás da nossa casa e depois passou a ponta do mesmo dedo pelo pescoço.

Degolaram?, perguntei.

Vai já tomar teu banho, porra! Fica ouvindo conversa de adulto!, gritou Joana.

É, degolaram, pensei.

Ainda não acharam o corpo, mas a cabeça tava feito

brinco na frente da escola. Alfredo continuava com um sorrisinho de fofoqueiro na boca.

E as crianças?

Ah, elas não ligam, amanhã já esqueceram.

Era mentira.

A gente ligava.

Toda criança daquela escola passava o dia inteiro pensando sobre sem falar uma só palavra ou falando sem parar sobre o assunto, mesmo que fosse para fazer piada.

A piada sempre foi um caminho, era preciso aliviar a brutalidade e o cansaço.

Joana conseguiu uma vaga pra mim na escola com muito esforço. Eu vivia cansada, foi difícil no começo me acostumar a andar muitos quilômetros até a parada de ônibus. Não entrava transporte público na ocupação porque para a prefeitura de Manaus a gente não existia. A maioria dos bairros manauaras nasceram assim, em terras esquecidas que pessoas sem condição alguma loteavam e ali erguiam seus barracos. Era o contraste com a prosperidade das grandes empresas da Zona Franca. Nós éramos um organismo esquecido e complexo no meio do nada.

Na escola era proibido falar, em qualquer lugar era proibido.

Você apenas deslizava a ponta do dedo pelo pescoço bem rápido e colocava a língua para fora.

Uma vez fui para a escola com um par de brincos que minha dinda me deu. Nesse dia Joana estava ocupada e não me falou até logo. Eram duas cabeças de Barbie. Quando a professora viu, só faltou me dar uma porrada. Arrancou os brincos da minha orelha e disse: bora, coloca isto agora na mochila e não mostra pra ninguém. Ainda tenho os brincos, guardo dentro de uma caixinha que nunca abro. Também tenho pesadelos recorrentes em que me aproximo de uma seringueira e quando vou tocar os cortes por onde se extrai o látex... é o pescoço do rapaz cuja cabeça vi pendurada naquele dia na entrada da escola.

Voltava da aula e via Joana no jirau improvisado, com uma bacia de água quente ao lado e outra cheia de temperos. As galinhas peladas e sem cabeça. A madeira ia mudando de cor de tempos em tempos, por conta da umidade e do sangue. Na madeira da frente do colégio, bem colada ao telhado, ficou uma espécie de lágrima gigante. Quem não soubesse o que assucedia podia dizer que uma Ismália gigante tinha sentado ali muitas vezes para chorar. Eu não esquecia aqueles rostos. Quando uma galinha fugia, papai Alfredo abria uma latinha de cerveja e chamava os meninos do canto que ficavam jogando futebol para ver ele degolar a pobre. E ria, ria, ria. Vingança pelo joelho ralado que ganhou correndo atrás da bicha. Ninguém me faz de leso, era o que ele dizia quando a cabeça delas voava.

Os meninos que todo mundo chamava de galerosos tinham entre catorze e dezenove anos. Haviam traído algum fulano, roubado alguma coisa, se engraçado com alguma garota ou tentado invadir o barraco de alguém. Os traficantes não tinham perdão para dar. Cada cabeça pendurada dizia: é melhor vocês respeitarem, que uma hora pode ser vocês. Nem sempre eram só os caras dali da Mundo Novo que matavam, alguns policiais envolvidos com o tráfico também começaram a fazer isso. Ninguém falava nada, não podíamos. A vida era assim e acabou.

Quando Joana viu a cabeça de um rapaz pendurada na cerca, passou o dia com uma dor no peito que não melhorava, ela respirava fundo e olhava para o nada. Sol, passa Vick nas minhas costas, passa. Talvez ela precisasse apenas vomitar. Meus pais sempre colocavam na minha mochila um saquinho plástico do mercadinho. Eu tinha o que eles chamavam de baldeação, que era uma palavra filha da palavra "balde". Era assim que papai Alfredo dizia que alguém ia vomitar: olha aí, Joana! Tua filha já vai baldear!

Essa semana mesmo, apareceu no consultório um cachorro com ossos de galinha triturados na garganta e, enquanto o sedativo fazia efeito, fui ao banheiro e baldeei. Cortar a cabeça de alguém não me parecia um ato de justiça, mas um ato sádico de vingança que alargava a ferida de tudo que nos cercava. Quem seria o próximo? Na ocupação as cabeças não eram escondidas, elas amanheciam penduradas como as bandeiras hasteadas no mastro das prefeituras de manhã.

Alfredo contava que uma vez um galeroso foi degolado na frente do mercadinho do seu Chico, logo nas primeiras semanas de ocupação. Ele tinha roubado dois sacos de pregos de um morador, que foi pedir justiça para os caras da FMN. Inclusive furaram a mão dele com prego, igual Jesus, de dia mesmo. Depois disso não fizeram mais essa graça de roubar morador. Dependendo do que fosse e de quem fosse o defunto, quando raramente a polícia aparecia pegava o dela e ficava calada.

Nem sempre a gente conseguia rir de tudo para aliviar o peso, o riso não era tão poderoso a esse ponto, não na Mundo Novo.

9.

O que estávamos vivenciando não era uma história nova, a migração para Manaus foi um processo de mais de uma década atrás. Bem antes da presença da Zona Franca. Processo que causou um inchaço populacional na cidade, despreparada para tanta gente. Não ter onde morar era um dos maiores problemas, além da necessidade de sobreviver na realidade dura da extrema miséria. Só que papai Alfredo e Joana não sabiam dessa realidade até fazerem parte dela. Conseguir onde morar não era uma tarefa fácil, assim como, depois, regularizar a moradia. Não havia um lugar dos sonhos para gente pobre.

    Aos poucos fomos entendendo o que era uma ocupação. Havia um movimento que lutava por nós chamado

Urbano, que hoje chamamos de Movimento Sem Terra. Na época, o movimento se consolidou tendo na liderança membros da Igreja católica e da Comunidade Eclesial de Base. Irmã Eliana era uma dessas importantes lideranças, como muitas mulheres na Amazônia foram e são até hoje.

A forma de ocupar geralmente acontecia assim: eles decidiam uma área para ocupar, reuniam a população, escolhiam um dia para entrar nas terras e depois começava o embate com os donos ou com os grileiros. A polícia, atendendo a um mandado judicial, invadia tudo, metia a porrada nos ocupantes e derrubava os barracos. Não tinha papinho nem pelo amor de deus. Mas a história inicial da Mundo Novo foi um pouco diferente.

A população ocupou de forma desordenada, foi tudo sem plano mesmo. Teve até galeroso vendendo pedaço de terra, troca por televisão, geladeira. Depois que estavam lá, alguns moradores foram buscar o apoio do Urbano, sabiam que sem eles seria ainda mais difícil fazer o sonho da moradia vingar. Aquelas terras estavam destinadas a ser um conjunto de casas com os aluguéis lá em cima.

O movimento, desde a década de oitenta, tinha aprendido que era importante as ocupações se preocuparem em traçar as ruas e reservar áreas que no futuro se transformariam em escola, postinho de saúde, centro comunitário e igreja. Irmã Eliana explicava nas reuniões com os moradores a importância de reservar esses espaços, porque depois, quando fossem cobrar do poder público, eles não iam ter a desculpa de dizer olha a gente até queria construir, mas vocês não deixaram espaço.

As eleições estavam chegando e, pensando nessa proximidade, Irmã Eliana começou a aumentar o número de reuniões com os moradores da Mundo Novo. Em uma delas citaram o nome de Alfredo. Mauro, um dos moradores que tinha passado a atuar com o Urbano, chegou a falar que achava um absurdo ver um cabra da comunidade ser funcionário de candidato a deputado que só queria o voto das pessoas e depois sumiria. A gente soube do ocorrido porque a própria Irmã Eliana depois contou pro Alfredo em uma das visitas que fez para Joana.

Papai Alfredo não ficou enfurecido com o comentário, na verdade ele já estava um pouco pensativo sobre seu papel na comunidade. Hoje percebo que isso começou depois que o dr. Machado prometeu ir me ver quando adoeci e não foi. O doutor nunca pisou na Mundo Novo. Na época, julguei papai como um falso promesseiro, mas existem promessas que são em dominó, alguém promete pra outro alguém, que promete pra outro alguém. Até que alguém pare de querer prometer e se pergunte o que significa uma promessa.

Irmã, e se eu fosse em uma dessas reuniões?

Seria muito bom, Alfredo. Meu filho, toda força é uma força.

Vou entregar a Kombi, Irmã.

Por quê?

Me sinto mal fazendo algo bom, mas que depois que esse homem vencer, vai acabar. E também acho que nem tudo que faço é tão bom assim.

Naquela mesma tarde, papai Alfredo foi até o postinho e pediu pra ver o dr. Machado. Ele não estava, então Alfredo deixou um recado com o enfermeiro Cleber, dizendo que queria entregar a Kombi. Na manhã seguinte, voltou ao postinho. Quase não dormiu, tava agoniado. Quando decidia uma coisa queria logo viver aquilo. Cleber o recebeu na porta, não deu nem tempo dele entrar.

Seu Alfredo, o doutor disse que o senhor pode deixar a chave comigo, que o senhor não tem mais autorização para entrar na sala dele. A parceria de vocês acabou.

Alfredo ficou em silêncio, deu as costas pro Cleber e disse que não ia mais entregar a chave. O enfermeiro não discutiu, até deu razão pro Alfredo, mas não verbalizou. Alfredo sentou na calçada por um instante. Olhou pra chave da Kombi velha. Sentiu uma raiva grande não só do doutorzinho, mas de si mesmo. Como pôde acreditar naquela ladainha toda? Não derramou lágrima, mesmo que tivesse sentido uma prestes a romper. Também não tentou invadir o consultório, por mais que tivesse imaginado matar aquele cabra ali mesmo.

    Entrou na Kombi e rumou para a feira Manaus Moderna.

10.

Quando dirijo e sinto o volante deslizar na palma da minha mão, me sinto feito papai Alfredo fazendo a curva pertinho da Casa de Carne Sto. Afonso. Curva que ele fazia com calma, pra ver o letreiro da promoção do dia, nem que fosse só por curiosidade.

Estacionava a Kombi com cuidado perto da Barão de São Domingos, há de se ter cautela com carro velho. Era na hora da xepa que ele chegava na feira Manaus Moderna, que alguns ainda chamavam de Cidade Flutuante. Sempre gostei de pensar nesse lugar assim, com sua arquitetura repleta de partes do rio. Ele passou a fazer esse movimento de ir à feira pelo menos três vezes por semana.

Fale Alfredinho, tava te esperando!

O carro deu prego, meu patrão! Tive que chamar uns curumins pra empurrar.

Hoje tem bastante jaraqui, tu deu sorte.

Jaraqui, verduras, frutas. Tudo que sobrava da feira ele levava. Os feirantes já sabiam que esses produtos eram pra Mundo Novo. Separavam com carinho. O caso é que como os feirantes pagavam transporte pra levar os produtos pra feira, não era negócio pagar de novo transporte pra retornar com o que sobrava do dia. Tudo que não era comprado iria pro lixo, se não fossem essas doações para os que mais precisavam.

Papai Alfredo começou a pensar em maneiras de ajudar os ocupantes, ficava conversando horas e horas com Joana, que sempre tinha boas ideias. Ele se sentia bem sendo útil, retomando o homem que um dia foi, parecido com aquele que vendia lanches na porta das escolas em Santarém. Só que agora ele não abandonava mais suas iniciativas, estava farto disso, estava farto de muita coisa. Também era uma espécie de vingança por ter se sentido manipulado de algum modo, mas ele nunca verbalizou isso diretamente. Era uma percepção minha.

Chegava na comunidade, estacionava a Kombi e começava a gritar e bater palmas. Chegou o almoço! Chegou o almoço! E a gente ajudava na distribuição das coisas que tinham vindo da feira. Como o jaraqui é peixe de muita espinha, se preparava frito, daquele cheiro não esqueço. Se comia com farinha de uarini, não precisava de mais nada pra ficar bom.

Teve uma tarde que ele viu Joana e eu carregando galões de água, e surgiu uma ótima ideia. Se juntou com os moradores e criaram uma forma menos cansativa de pegar água do poço que um homem nos fornecia por trinta minutos por dia. Engataram várias mangueiras umas nas outras, até alcançarem a última casa que fosse receber água. Conforme as casas iam sendo abastecidas, os moradores retiravam as mangueiras, até restar apenas a primeira, conectada ao poço.

Gostava de imaginar que essa engenhoca era a grande cobra da Mundo Novo, com suas cores e escamas diferentes, que todos os dias saía para fazer sua magia, por isso nossa vida mudava muito de um dia para o outro. A troca de pele estava presente naquela terra.

Olhava pro papai Alfredo e me perguntava se ele tava de fingimento com aquilo de ajudar os moradores, mas depois percebi que seria difícil fingir tanto e por tanto tempo. Aquele era meu pai mesmo e isso me confortava demais. Ele tinha muitas preocupações, a gente sentia só de olhar pra ele, uma delas era se o doutorzinho ia fazer questão da Kombi. Papai, ao contrário do doutorzinho, se importava com as coisas, até mesmo de não sair como ladrão. Desobedecer foi um ato corajoso. Contava com orgulho pras minhas galinhas o que ele tinha feito no dia, mesmo sabendo que elas tinham ressalvas quando se tratava dele.

11.

Foram muitas as vezes em que sonhei que eu era um bebê que sabia nadar, mas já não sou menina, muito menos bebê. Talvez nunca tenha superado o dia em que Joana me jogou no igarapé. Antes meus sonhos eram diferentes, via um cavalo marrom brilhante que nadava tão bem com meu avô montado em suas costas, Adamias. Em parceria com o bicho, ele se arremessava para os lados segurado na leveza que lhe faltava com as palavras.

Bruto, dizia minha avó.
Ele é um homem bruto.

Nas águas, Adamias, também ditava a brutal e leve

direção. Esquecido que pertencia a um dono, o cavalo via sua existência livre para lembrar de um tempo em que nada o domava.

    Se caio nessa piscina é meu fim, o que mais me amedronta na água é essa coisa da falta de dar pés no chão. Machuca aqui dentro o que não sinto com os pés. Rejeito a fé do corpo ser leve na água, meu medo é da profundidade. Vejo em todas as águas uma centelha da morte que me espera, uma chance dos mortos em afogamento me puxarem para o lugar que pertenço, o esquecimento das camadas mais profundas onde moram os que não abriram a boca para emitir palavras de amor, mas de socorro em momento de desespero.

    Meu desespero é um silêncio que não sufoco e me acompanha quando viro a esquina, me arrumo para o trabalho, pago boletos e enumero coisas para comprar, que precisam mais de mim do que eu delas. Liberdade é pertencer, e não pertenço a lugar algum, muito menos ao meu coração.

    Você consegue, uma senhora de oitenta anos aprendeu a nadar com a gente, me diz a professora, tocando em meu ombro.

    Me assusto e quase caio na água.

    Não respondo, apenas lanço um sorriso falso.

Como uma velha consegue nadar e eu tão jovem não consigo?

Me afogo na diabrura do meu pensamento.

Olho ela indo e voltando, obedecendo a raia, vejo sua beleza brilhar enquanto nada.

Me arrependo do que pensei. Gosto de machucar quando me vejo na profundidade.

A primeira lição para nadar é conseguir suportar a água que encosta no rosto. Saber mergulhar sem tampar o nariz. Saber que é possível não permitir que a água nos invada. Conversa que estabelece limites: até aqui serei eu e até ali será água.

Marília me fez repetir esse exercício muitas vezes.

Quantas vezes tenho que fazer isso?

Até que você se sinta confortável fazendo.

Quero parar.

Você está desconfortável?

Sim.

Então continue.

Lembro muito mais de estar desconfortável do que confortável, e isso desde a infância. Essa foi uma das piores partes de aprender a nadar, mas eu precisava fazer isso por mim e para revisitar meu irmão em um lugar diferente daqueles em que coloquei nossas memórias depois que ele morreu.

Em alguns corações a mudança é como uma linda aventura. Crianças amam brincar de explorar, por isso fantasiam ser astronautas, mas eu nunca tive sonhos. Yan dizia que queria ser lixeiro, Joana odiava quando ele falava isso. Um dia, dividindo um pacote de bolacha maisena na beira da piscina do colégio, ele me disse que não gostava que eu risse do sonho dele, que às vezes a gente ri do que não entende e que se eu quisesse ele poderia me explicar.

Ele era apenas um garotinho, como poderia ter tanta certeza dos sonhos? Por ser a mais velha eu tinha medo de ser burra.

Então me explica, por favor?, pedi, com o semblante sério.

Então, Solzinha, o lixeiro enfrenta o fedor e o perigo quando pega os restos da vida de todo mundo todos os dias. Mamãe sempre diz que Deus deixa o mundo mais bonito. Acho que o lixeiro é um anjo que trabalha pra Deus. E eu quero trabalhar pra Deus. Você também não quer trabalhar pra ele?

Não. Acho que sou apenas alguém que produz o lixo, chega dessa besteira.

Joguei as bolachas na piscina, peguei minha mochila e fui embora com raiva. Odiei sonhar em ser alguma coisa que se aproximasse de um deus que esqueceu da gente. Gritei de longe: deus não existe!

Penso que nunca vou conseguir levantar a cabeça da água, eu mesma me impeço de aceitar o conforto, sempre fui perseguida pelo medo, mas de uma coisa me arrependo: não deveria ter dito aquilo para Yan, tem coisas que as crianças precisam descobrir sozinhas. Quando vi Joana ajoelhada no milho, pedindo que deus cuidasse de seu filho morto, senti vergonha por não acreditar em deus. Ele existia, sim, mas amava muito mais meninos mortos do que meninas vivas. Por essa razão eu sentia prazer de caçoar dele na frente dos meus pais, não importava quantas chineladas me dessem.

Por que deus não traz Yan de volta?

Em algum lugar dentro de mim sentia que se ela me odiasse aquilo me manteria viva. Mas secretamente sempre quis ser a favorita dela e de deus.

12.

Yan era aquela criança que se expressava como uma pessoa adulta, era um pouco assustador. Ele tinha percepções muito boas, mesmo que eu não concordasse com algumas acabava pensando bastante nas coisas que ele falava sem ser provocado por uma pergunta ou um argumento. Sempre senti que se eu continuasse a crescer me espelhando nele, mesmo sendo a mais velha, a vida poderia ser melhor, mas depois que alguém some para sempre você aprende que existe um limite de situações e exemplos. As mesmas histórias repetidas. Quando você cansa de contar para os outros é que a morte dele começa realmente. Eu não queria precisar das lembranças de Yan a vida inteira, não queria precisar de meu pai nem de Joana. Mesmo assim tinha medo de que fossem embora.

Com a morte de Juvinha, coisas estranhas começaram a acontecer. Apareceu um inchaço perto dos olhos de Barrinha, um calombo com muito pus. Pensei em furar, mas tive medo. Não contei para ninguém, não queria que Barrinha fosse sacrificada. Depois de alguns dias, os olhos dela, que eram quase pretos, esbranquiçaram. Ela tropeçava nas outras galinhas e passou a não entender quando era dia ou noite. As galinhas quando ficam cegas também ganham um comportamento triste, não são como as pessoas que reaprendem a viver. Elas apenas sabem que no mundo em que habitam não há segunda chance de redescobrir a vida.

Pensei em roubar um dos remédios que papai Alfredo dava para os moleques do bairro revenderem ou que ele distribuía de graça pedindo que as pessoas votassem no dr. Machado. Desisti da ideia, tive medo do que poderia acontecer com Barrinha.

Uma mulher sangrando há mais de vinte dias, uma senhora com os pés inchados, um menino com a barriga muito grande, uma mulher com uma dor de cabeça incapacitante, uma senhora picada por cascavel. Eram muitos os casos e as pessoas que apareciam batendo palmas na porta de nosso comércio, pedindo ajuda. Ajuda, doutor, minha mãe vai morrer.

Ele não era doutor, muito menos médico, mas as pessoas o chamavam assim por identificar nele uma espécie de poder ou instrução. Hoje consigo admitir que, além de comerciante, meu pai era um traficante, um irresponsável, um homem bom e ao mesmo tempo corrompido pela ambição. Joana deixou de amar papai Alfredo depois que Yan se afogou.

Nunca vi você derramar uma maldita lágrima pelo nosso filho.

Ele se acostumou com as acusações e buscava fazer coisas para Joana ter uma boa vida e amá-lo novamente.

13.

Yan,

não é do meu feitio escrever, já vai desculpando teu pai. Tua mãe que sempre gostou de mandar cartas, foi assim que comecei a paquerar com ela. Acho que essa história não tive tempo pra contar, não sou muito de contar história. Passava na frente da casa da tua avó na volta do serviço e via sempre tua mãe na cadeira de embalo lendo uma revista. Uma vez cheguei perto do portão, puxei assunto e ela me tratou mal, disse que não falava com estranho, ainda mais com mucura.

Pois bem, nos outros dias eu comecei a passar sempre espiando pra ver se ela tava, e um dia ela apareceu de novo. Fui logo pedindo desculpa e entreguei uma carta na mão dela. No dia seguinte ela me entregou a resposta. Foi assim que a gente foi se comunicando. Fui pedir a mão dela pra tua avó, ela gostou de mim, mesmo eu não tendo posse. Tua mãe sempre dizia que se o pai dela fosse vivo nunca que ia permitir. Levei tua mãe numa viagem pra Tracuateua, que eu nasci lá, sabe. Era outubro. Ela queria casar em Santarém, perto dos parentes dela e das amigas, mas a gente ficou tão enrabichado um pelo outro que fez uma cerimônia pequena por lá. Meu pai ainda era vivo e chamou ela de minha filha, acho que foi uma das poucas vezes que chorei.

Não chorei no teu velório, meu filho, me esforcei pra espremer o olho, mas não sei, te perder foi uma dor pra dentro. Que só penso que é melhor tentar agir pra vida seguir, não sei se foi o certo. Então, a gente casou e ficamos lá a pedido do meu pai até começo de novembro. Parece que ele já sabia. No dia dos finados, no dia dois de novembro, a gente enterrou o Seu Mundico. Uma coisa triste demais, porque nesse dia tomamos a mandicuera, um mingau marrom feito da mandiocaba, um costume da comunidade. Teu avô sabia fazer muito bem, eu nunca quis aprender, disso me arrependo. Ele mesmo fez a mandicuera, dias antes de se encantar, bebemos aos prantos, tua mãe e eu, pra lembrar do morto, mas ele ainda tava muito vivo pra mim.

Mamãe morreu muito cedo e eu só tive Seu Mundico pra amar. Hoje volto do teu velório e aqui sentado em cima da lajota onde o teu cachorrinho morreu escrevo esta carta enquanto eu tento fazer minha primeira mandicuera pra tomar pensando em ti, tua irmã disse que não suporta mingau, perdoa ela, que ela é criança, mas logo vai ter que deixar de ser, que a vida é dura. Tô sozinho em casa, tua mãe foi com tua irmã na farmácia, aproveitei pra te escrever, não quero que ela saiba. Devo ter feito algo errado pra tu ir tão cedo, mas quero que tu saiba que tentei. Decidi que na minha cabeça te deixei lá com teu avô em Tracuateua, é melhor que tu não vá com a gente pra Manaus, me obedece, por favor. Um dia a gente vai voltar pra te buscar, que eu quero que tu aprenda a ser um bom homem com o teu avô, sei que ele vai te ensinar e te ver crescer.
    Do teu pai, Alfredo.

    E enterrou aos pés da bananeira
a carta escrita no papel almaço
dobradinha muitas vezes
antes de Joana chegar e perceber
que ele
ainda era
ele.

14.

Chegou na hora, muito bem!
Tá pensando que sou dorminhoca, é?
Então a senhorita varre um lado e eu varro o outro, depois a gente joga o balde, assim termina cedo.

Violão esquecido num canto é silêncio/ Coração encolhido no peito é desprezo/ Solidão hospedada no leito é ausência/ A paixão refletida num pranto, ai, é tristeza.

Segurando a vassoura, paralisada e com um sorriso no rosto, fiquei abismada que a Irmã Eliana gostava de fazer faxina ouvindo música lenta. Era um radinho da Sharp a pilha. Paulinho da Viola ia cantando e a Irmã ia varrendo, como se fosse acontecer uma festa. A tristeza era uma ficção nas mãos dela, isso me intrigava mais que tudo. A vassoura? Um parceiro de dança. E as duas iam deslizando na poeira mesmo, que pra ela não tinha a espera do chão perfeito.

Bora, menina! Pra limpar comigo tem que deixar a felicidade entrar. Vou te ensinar, basta imaginar que ninguém vai olhar, assim.

Um olhar espiando o vazio é lembrança/ Um desejo trazido no vento é saudade/ Um desvio na curva do tempo é distância/ E um poeta que acaba vadio, ai, é destino.

Vou jogar a água!

Joga, menina!

A água acalmando a poeira, mas não acalmava meu riso. Nunca ri tanto na vida, estava até cantando, coisa que nunca fazia. Era ali no barraco simples dela que seria a reunião com os moradores. Estavam prontos para tudo, decididos a não sair de seus barracos por nada. A felicidade dela era saber que sua missão no mundo a guiava, independentemente do que acontecesse, e nenhum grileiro ou político tiraria isso de sua alma.

Sol, amei conhecer você, querida. Nossa amizade diz muito pra mim. Nas próximas semanas vou me mudar daqui, preciso ajudar outras pessoas. Você compreende? Mas voltarei pra ver o número oito na sua casa, como prometi.

E ficamos por um instante admirando o chão.

* * *

Joana fez uma trança bem apertada no meu cabelo. Quando ela fazia trança em mim, era sempre pra gente ir a algum evento especial. Fiquei feliz demais, achei que fosse um aniversário. Ela colocou um vestido bonito em mim, quase nunca ela me deixava usar vestido. Pegamos um ônibus até a escola.

Hoje não tem aula.
Eu sei, Sol.

Irmã Eliana vivia recebendo ameaças de grileiros e latifundiários. Quanto à FMN, eles não mexiam com ela, pelo contrário, a respeitavam.

O recado dos grileiros se repetia: Irmã, cuide de sua vida e de suas orações.

Ela tinha medo, mas não transparecia. Nas conversas informais com os moradores, contava como muitos grileiros, que eram homens riquíssimos, forjavam documentos e até mesmo inseriam folhas falsas nos livros de registros por meio de pagamento de propina. Tudo para se tornarem proprietários de milhares de hectares de terras na

Amazônia. Ela queria que os moradores saíssem da ignorância. Repetia nas reuniões que não éramos da mesma laia que eles, estávamos apenas lutando por algo básico para um cidadão comum, o direito a um chão. Depois fazia uma prece, clamando à Virgem proteção.

Foi Irmã Eliana que ajudou a construir vários bairros em Manaus. O primeiro foi o Promessa. Ela gostava de batizar as comunidades com nomes que lembrassem a gente de que aquele espaço era prometido para nós, que toda terra vazia pertencia ao povo que muito perdeu construindo casas para os ricos. E que os migrantes também mereciam um teto.

Em julho de 1992, muito antes da gente pensar em ir embora pra Manaus, a Irmã lutava pela regularização da ocupação Menino Jesus, mas a coisa não acabou muito bem. Mil barracos foram derrubados e queimados por causa de uma ordem judicial de reintegração de posse emitida a pedido de um suposto proprietário. As cenas de famílias inteiras desesperadas repercutiram na televisão, causando uma pressão popular sobre o prefeito, que então resolveu fazer um acordo com a Irmã Eliana. Ele transformaria aquele lugar em bairro, mas ela se comprometeria a se certificar de que todos os moradores eram pessoas realmente "carentes". Assim evitariam a prática da "indústria da invasão", em que moradores vendiam os lotes logo depois da legalização do bairro, segundo o prefeito. Irmã Eliana foi duramente criticada por parte do movimento sem terra em Manaus, que considerou essa aliança paternalista.

Mas o grande problema na questão das terras sempre foram os latifundiários e os grileiros, que recebiam total apoio governamental. Eles eram a maior ameaça para o movimento e para os ocupantes. Um dos temores que o movimento tinha em relação à Irmã era de que ela fosse cooptada pelo governador Altair, que costumava enviar subordinados para se aproximar das lideranças comunitárias e extrair informações de como elas estavam se organizando, para depois privilegiar os grileiros. A ingenuidade das pessoas era a derrocada delas.

Em toda ocupação que Irmã Eliana ajudava a erguer, ela sempre contava a história da santa do milho, uma mulher que, vendo sua comunidade sem comida e sem esperança, ofereceu sua vida para deus. No lugar onde a santinha foi enterrada nasceu uma linda planta e, dela, o milho. Era uma forma da Irmã ensinar sobre doar-se para uma causa. Era também uma preocupação de que, na delimitação dos lotes, fosse reservada uma área para o cultivo de frutas e plantas.

* * *

Quando Joana e eu entramos na escola, tinha um caixão enfeitado de flores e muita gente ao redor dele de cabeça baixa, rezando. Fomos caminhando em direção ao caixão, que estava aberto. Joana começou a chorar. Senti os pés formigar, olhei para o rosto do cadáver e confirmei o que não queria acreditar...

... era Irmã Eliana.

As estrelas do rosto murcho.
Comecei a ficar gelada.
Joana olhou para mim, apertou minha mão.

Agora não, Sol.
Acorda, Irmã, acorda! A gente precisa ver o número oito, você prometeu!

Baldeei ali mesmo, ao lado da Irmã.

Joana começou a me bater, até que uma senhora se aproximou e disse: tá bom, acontece, ela é criança! A gente limpa, Joana, a gente limpa! E abraçou Joana, que só se deixava ser abraçada pela Irmã Eliana.

De noitinha, fugida, fui até o quintal da Irmã, chorei uma tempestade agarrada aos lençóis dela no varal. Por fim, cantei a nossa canção enquanto plantava um grãozinho de milho naquela terra triste, pra ver se ela voltava feliz. Ela era mais que uma santa do milho. Era nossa esperança real, que os grileiros levaram para sempre. O assassinato foi bem na frente da casa dela, no final da reunião com os moradores. Um homem encapuzado portando uma escopeta deu dois tiros nela, um na perna e outro no peito.

A vida da gente é mistério/ A estrada do tempo é segredo/ O sonho perdido é espelho/ O alento de tudo é canção/ O fio do enredo é mentira/ A história do mundo é brinquedo/ O verso do samba é conselho/ E tudo o que eu disse é ilusão.

15.

Quando voltamos do velório de Irmã Eliana, encontramos papai Alfredo colocando as galinhas dentro do poleiro, ainda era cedo demais.
Que foi que aconteceu, homem?
Joana, o maquinário vai derrubar tudo, já estão lá em cima. Questão de hora para chegarem aqui.
Joana começou a pôr nossas coisas nas malas em desespero. Fiquei olhando pela janela, minha função era avisar se as máquinas estavam chegando perto da casa.
Joana! Tem um homem em cima da máquina!
Era o governador Altair, o que nos causou espanto, afinal um governador não aparece em uma ocupação por qualquer motivo. O espanto durou até percebermos que

em volta dele havia um número considerável de repórteres de televisão e jornais, que ele mesmo era o dono. Altair resolveu aparecer na Mundo Novo porque naquele ano havia aumentado consideravelmente o número de ocupações em Manaus, assim como os protestos de moradores exigindo que o poder público agisse. Se aproximavam as eleições, e esse era o assunto pedra no sapato. O momento era de tensão, dias antes a parte mais alta da comunidade havia sofrido por conta de um deslizamento.

O governador pegou o megafone e disse:

Povo da Mundo Novo, ninguém vai derrubar a casa de ninguém! Estou aqui para impedir essa atrocidade. Esta terra é do povo e a única máquina que vai passar por ela é a que vai asfaltar as ruas em que as nossas crianças vão brincar!

Altair já tinha sido prefeito de Manaus, era chamado de pai manauara, se ergueu na política como um humilde representante do povo que ia de casa em casa para conhecer a história e as necessidades de seus possíveis eleitores. Depois de eleito, começou a ter comportamentos agressivos. Na ocasião de um deslizamento na comunidade do Sol Nascente, chegou a culpar uma moradora por ela ter perdido tudo, inclusive a filha mais nova.

Minha senhora, sua filha morreu porque a senhora sabia que aqui não é lugar para fazer casa e mesmo assim fez. Aqui é área de risco, qualquer chuva desaba.

A gente vai tudo morrer, governador. Faça alguma coisa!

Então, morra!

Papai Alfredo colou um grande cartaz com a foto de Altair na entrada de nosso mercadinho, ele dizia que a gente tinha sorte de ter um governador tão comprometido com o povo. SORTE. Não sabia que meu pai acreditava em santo. Nos políticos ele ingenuamente acreditava. Cada um com sua carne, cada um com sua promessa.

Quando tudo acalmou, levei uma surra de Joana por ter cortado o cabelo durante a confusão. Nunca mais ela pôde fazer trança em mim.

16.

Pensei que seria possível lembrar do dia em que me vi pelo buraco da madeira da única casa que era nossa de verdade. Foi na ocupação que entendi que nunca ficaria feliz em chamar algo de meu. Não quero construir uma casa, quero que ela nasça pronta, cuspida por uma escritura, é assim a casa do meu sonho.

Algumas brechas nas paredes, no coração ou no tempo, são as casas que não queremos que revelam esse lado nosso que só nos rasga depois, quando escondemos o choro dentro do banheiro de um trabalho que não gostamos.

Costumava gastar minhas lágrimas, que umedeciam os olhos não tão mágicos de nossa casa violenta por seus frutos desencontrados de nossos passos, com tudo que me lembrava passado. A dor de sonhar em uma família arranhada desde suas primeiras fabulações e núcleos comprometidos é que ninguém realmente se importa com uniões, e sim com os enredos solitários de histórias contadas por vencedores. E todos queremos, aos dentes, vencer.

 Conquistar uma morada, uma terra, um lugar. Vencer batalha que não deveria ser batalha. Vencer batalha que deveria ser direito.

 Tarde, me parece tarde demais para defender minha imagem derretida que se formou naquela tarde quente manauara, quando decidi que ouvidos não bastavam, queria ver o que dizia novo, estranho e depois milagre. E fingi que não era milagre, essa coisa que deus faz para se amostrar como pavão, que só sei que existe porque o dedo de Joana apontou na página, vê filha, este é o pavão, que não aguenta ser bonito sem que ninguém o veja. E quem não enxerga? Esses ouvem alguém narrando a beleza e criam sua própria imagem em um lugar da cabeça que nunca vai deixar de ver.

 Foi nesse lugar da cabeça que guardei papai.

Agora, sua cachorra velha, abre essa gaveta! Se não tiver grana aí dentro, a gente vai passar esse arrombado, entendeu, porra?

Era festa de aniversário em algum lugar, crianças riam alto, as galinhas caladas, recolhidas muito cedo, era dia de primeiras vezes. Era a primeira vez que Joana dizia por favor, que tremia os braços, que chorava para a parte de dentro de si. O olhar dela bateu com o meu no buraco da madeira que dividia casa e comércio.

Tá olhando o quê, sua safada?

Um deles deu um tapa na cabeça dela.

Nada.

Ela teve medo que eles soubessem que eu tava ali. Fui prendendo a respiração, entendi que o nada devia ser eu. E eu queria mesmo ser talhada de nada pra observar o tudo.

Esse filho da puta se cagou!

Riram os quatro.

Isso, abre bem a boca, machão do caralho, depois fala pra gente o gostinho da escopeta.

Bora dona, abre a porra dessa gaveta!

Joana entregou dois rolos de dinheiro na mão de um deles.

Foram saindo apressados.

Papai se levantou chorando, não parecia o mesmo da risada estridente que eu conhecia. Pude ver que escorria pelas pernas dele um líquido grosso. Senti vergonha por ele; mentira, por mim. Joana o abraçou e disse eu vou te dar um banho de bacia, meu amor, eu vou te dar um banho. Na minha bacia, eu pensei, revoltada. A minha bacia da catapora, porra. As lágrimas deles iam se encontrando conforme esfregavam um no outro bochechas e lábios trêmulos. Ela havia urinado no vestido também, mas não disse nada, não precisou.

Naquele final de tarde, não jogamos nossas merdas fora, o acúmulo de tudo foi tolerado. Eram as honrarias pela morte moral de meu pai, como as flores em um velório. As merdas e as sobras de nosso corpo eram coisas de nossa família.

Toda pessoa morre muitas vezes durante sua trajetória, essa foi uma das mortes de papai Alfredo e a que doeu mais em Joana. A humilhação. No fundo aqueles homens não pareciam querer exatamente dinheiro, mas mostrar que Alfredo deveria ter algo, alguém a temer. Na saída disseram: some daqui, se a gente te ver aqui tu tá fodido.

Mas a gente não foi, porque Alfredo acreditava muito naquele lugar e naquelas pessoas como nosso lar. Ele nunca tinha se envolvido de verdade na construção de algo que parecia duradouro. Nunca tinha se importado com gente desconhecida, nunca tinha se sentido realmente útil na vida. Ele sabia que a decisão de ficar seria dele, até então só havia seguido as decisões de Joana. Depois do assalto ela quis partir. E pela primeira vez papai Alfredo decidiu alguma coisa por conta própria: ele ficaria e a gente podia ir embora. Mas não fomos, não queríamos ir sem ele.

17.

Bem perto do Sábado de Aleluia me visitou um pesadelo.
Eu era um jaraqui, nadando com vários outros.
Não vimos a grande mancha de petróleo.
Todos os danos pareciam reais.
Nenhum peixe escapou.
Pensei que o único mal que poderia nos acontecer fosse o anzol.
A certeza que se finge de pergunta.
Jogada no mais profundo onde os peixes ousam nadar.
Um gigante com tamanha coragem do mistério, do profundo.
Como poderia acreditar que era eu um jaraqui?

Papai Alfredo me tirava do rio e dizia:
este aqui não presta pra comer, tá contaminado.

Acordei suada, me sentindo ainda menor,
retomando o fôlego.

18.

Era Sábado de Aleluia e comadre Mariazinha já arrumava a roupa do boneco Judas, forrado de palha, algodão, jornal. Bem costuradinho durante semana e semana. As crianças alvoroçadas como pequenos capetas cheios de rancor no peito, pedaço de pau na mão, querosene e outras diabruras para rasgar, queimar, bater no pobre do Judas. Joana não me deixava ir, dizia que era perigoso. Era tradição fazer boneco de Judas, o discípulo que traiu mestre Jesus, filho do deus de Joana. Arrependido, Judas se enforcou. Não há espaço para o arrependimento. Joana sempre dizia agora não adianta mais chorar, seu irmão tá morto, e isso nunca vai mudar. Não havia perdão para a falha.

Os fogos começaram, crianças e adolescentes chutavam o pobre do boneco, que voava alto. Meus pais e eu ficamos na frente do comércio observando toda a movimentação. Foi com o clichê de um piscar de olhos que homens encapuzados puxaram meu pai para o meio da rua. Joana ainda segurou nos pés dele enquanto os homens o arrastavam pelos braços, mas um deles a chutou na costela.

Solta o pé dele, sua vadia, ou vai ser você.

Fiquei parada na porta do comércio, como o boneco de Judas antes do rito.

Os homens amarraram papai no poste.

Naquela semana muita coisa mudaria, era o que o povo andava dizendo. Papai andava ressabiado, como se sentisse o terror chegando. Ele sabia que nada seria igual depois de romper a aliança com o médico e decidir se juntar ao Urbano para ajudar outras pessoas a achar moradia. A morte da Irmã Eliana também tinha mexido com ele e com todos da comunidade. Não dava pra se amigar com político, que eles eram amigados com os grileiros, essa era a verdade.

Em nome de nosso senhor Jesus, me deixe em paz! Tenho família, mulher, filha. O que vocês querem? Podem levar as mercadorias, as nossas coisas.

Foram envolvendo ele no poste com uma corda grossa.
Apertando, apertando.
Ele chorava, chorava.
Os vizinhos se juntaram pra ver.
O boneco foi esquecido, ficou estirado no chão.
A comunidade por um momento calou.
As galinhas agitadas no quintal, no canibalismo.
As crianças e os adultos romperam o silêncio: solta ele, solta ele!
Em pleno sol que alumia nossa caminhada, arrebentaram a pele de meu pai, malhando um homem trabalhador. Chutavam, davam soco.
O pó de solares na comida acabando.
Assisti ele perdendo a beleza do rosto queimado pelo quente dos dias, não erguia mais a cabeça, como erguia para olhar o céu enquanto levantava nosso barraco me prometendo que ali a gente seria feliz.
Um dos homens tirou uma peixeira da cintura.
Outro levantou a cabeça de papai puxando seu cabelo.
O primeiro rasgou o pescoço dele com vários golpes.
Parecia interminável aquele momento.

A cabeça

se desprendeu
do corpo.

Não se morre instantaneamente, os olhos ainda giram buscando conforto.

Deixaram a cabeça ao lado do corpo.

Entraram num carro estacionado lá perto e foram embora.

Joana desmaiou, aquilo era mais do que ela ou qualquer pessoa ali poderia aguentar.

Corri para o galinheiro, as galinhas se debatiam, agitadas.

Peguei o facão de papai e fui degolando uma por uma. Não pensei em um motivo. Apenas lembrava do rosto de papai Alfredo sorrindo, carregando meu irmão no colo. Quando chegou a vez de Barrinha, abri o cercadinho e disse: vai embora daqui, eu vou deixar você ir. E ela, assustada e cega, foi.

Talvez eu quisesse castigar o mundo.

A gente sempre soube por que ele morreu. Quando abandonou a ideia de ser líder comunitário, ele se transformou em um. Quando um homem se vê parte de um movimento, ele se torna um empecilho para que outros consigam o domínio. Não existem heróis por essas bandas, todos são assassinados. A FMN começou uma caçada para encontrar os paus-mandados dos grileiros, mas não ficamos lá pra ver o desfecho.

Odiei Alfredo, porque morrer foi a última palavra silenciosa que ele me deu.

Olhei para as galinhas mortas e percebi o que tinha feito.

Baldeei nos meus pés.

19.

A polícia chegou horas depois, fez poucas perguntas pra nós, também conversou com alguns moradores, que deram informações vagas. Todo mundo tinha medo. Entramos na viatura, os policiais disseram que a gente precisava dar mais esclarecimentos na delegacia, para que eles pudessem encontrar mais rápido os assassinos. A gente sabia que eles não se esforçariam, quem ia dar um jeito de passar os vagabundos era a FMN, de quem a gente também tinha medo.

Meu sonho sempre foi esquecer, mas a única coisa que faço é lembrar daquele sábado. Nós duas no carro de polícia, os cachorros correndo atrás da viatura. Tudo aquilo não me matou, mas quebrou algo por dentro. Não acredito em desgraça que remonta, muito menos que fortalece. Eu me fortaleço por outros motivos e por outros caminhos. Aquilo foi o que foi, menos que nada, quase que tudo.

Voltamos de ônibus da delegacia, depois tivemos que andar um bom bocado até chegar em casa no escuro. Já tinham colocado papai Alfredo num caixão fechado. Velamos o corpo no quintal de casa. Olhava o caixão, as pessoas chorando, o poleiro vazio, imagens que, de certo modo, pareciam sobrepostas.

Sentir a morte de meu pai nasceu do entendimento de amá-lo. Esse entendimento se consolidou quando vi a santa do milho perto de Joana, como se a consolasse. Logo eu, que nunca acreditei nessas coisas.

Queria vê-lo só mais uma vez, mas não quis pedir pra santa.

Nunca imaginei que alguém além de mim e de Joana fosse chorar por papai Alfredo. Busquei na memória o dia em que nos despedimos de Santarém, o som do violão e a promessa de que tudo ia ficar bem — por isso não gosto de promessas. Quem dera poder guardar as lágrimas de toda aquela gente. Talvez existisse uma dimensão em que eu pudesse mostrar olha, papai, você faz falta. Mas na vida real ninguém conta com outra dimensão. As coisas que não podemos dizer com palavras para os mortos dizemos com ações. A forma que mostrei meu amor foi lembrando, assim como todos ali nunca esqueceram dele e de muitos outros de tantos lugares da Amazônia que tiveram o assassinato como futuro por fazerem alguma coisa, por menor que fosse. Nunca esquecer Alfredo, Eliana, Ray, Helena, Arnaldo, Expedito, Dezinho, Bené, Avelino, Dorothy, Fonteles.

Na manhã seguinte, arrumamos nossas coisas em silêncio. Acho que acabamos criando uma tradição, pois logo após cada morte em nossa família abandonávamos uma casa. Joana me entregou aos cuidados de minha avó, que morava em Santarém. Passei anos sem saber de Joana, até que um dia ela me ligou de Parintins. Tinha casado de novo e tido uma menina.

No dia que Joana me entregou pra vovó, só chorei depois que ela foi embora. Todas as vezes que choro, depois desse dia, não caem lágrimas leves. Agora elas têm o peso de uma robusta miçanga.

A fachada de nossa primeira casa, em Santarém, tinha portas como enfeites, chaves como brincos, sem utilidade prática. Dormir era um presente para nós e para as partes do lar. A porta da frente dormia aberta, ninguém se preocupava com a passagem do medo. Ele era de se esconder em outros lugares, nesses que guardamos o estômago e a ação de destampar as panelas, pensar o que nos alimentará dessa fome eterna. Nunca aceitei completamente o que nos aconteceu depois que fomos para Manaus, mas depois ficou óbvio. Migrar é uma história que se entende melhor quando se vivencia. O resto é tentativa.

Ontem fui ao terreiro, seria aniversário de papai Alfredo se ele estivesse vivo. Levei a carta que ele escreveu para Yan no bolso, que eu tinha desenterrado escondida. Calça jeans, blusa branca. Vejo nada de ruim no coração da filha. Acendeu uma vela, tragou o cachimbo. Filha sente falta de alguma coisa? Sinto falta do lugar pro qual nunca mais gostaria de voltar. A calça encosta na vela sem que eu perceba. Sinto uma dor na perna. A filha tá pegando fogo! Apago com a mão, batendo na barra da calça.

Penso em papai Alfredo novamente, me pergunto sobre céu e inferno. Prefiro ignorar essas ideias. Acredito que o lugar que nos espera quando nos encantamos é um lugar jamais visto pelo olho humano. Um lugar onde as galinhas não morrem porque não nos alimentam.

Cada tábua dos barracos contava sobre o encontro dos moradores com a gentileza e com o perigo da vida. Uma casa ia sendo montada aos poucos, a gente ia achando os pedaços em dias diferentes e tentando fazer com que se encaixassem. Elas acabavam ficando com diversos tons.

Resistência pra mim é isso. Aqueles barracos com diversos tons de madeira.

Gosto de acreditar que meu pai ficou em Manaus e está construindo nossa casa

para sempre.

20.

Hoje é aniversário de Joana, pensei em telefonar.

Pode parecer silêncio, mas é meu grito na frequência dos animais das águas doces minutos antes de dizer adeus para tudo que conhecem. Consigo girar meu corpo de cara para a água, de costas, um girar sem medo. Ondulo para os lados, respiro. Sei quando o motor de minhas pernas está devagar, vejo com clareza embaixo d'água.

Tento pensar em minhas derrotas e peças soltas enquanto me desafio no nado crawl, que me exige respiração correta, leveza e um tempo equilibrado. É necessário saber que devagar não é parar. Ser leve como todos os dias que nunca tive a oportunidade de ser nesse viver tão imerso em desgraças e traumas.

Ser uma levitadora das águas é um dos meus maiores desafios quando rasgo a piscina.

Na parte mais profunda vejo meu irmãozinho, quase desfigurado, como os peixes que encontram algum ácido. Em cada gota se esconde uma palavra iludida, que impede e evoca a liberdade. O propósito do nado, assim como o da vida, é a escolha de meu tatear. Odeio admitir, mas o poeta tem razão: a memória é uma ilha de edição. A vida é dura, me disse a professora Marília. Por mais clichê que soe a frase, foi o tom de sua fala que me atirou nas pedras. A vida é dura, Sol.

Errei em várias aulas tentando acertar a respiração lateral, muito necessária para o nado crawl. A maioria das pessoas se aborrece nessa fase e abandona a natação. É difícil falhar tantas vezes consigo e querer retornar, mas parece normal aceitar os erros externos o tempo todo nas mesmas repetições. Como somos ruins para a nossa existência. Não me excluo disso, quis desistir em alguns momentos. Claro, sou inútil, jamais vou aprender essa respiração lateral.

Sou bruta como era meu avô.

Ao mesmo tempo me vem à mente a imagem dele nadando com o cavalo no rio, fazendo sons que só os dois entendiam... tenho a lembrança que roubei de Joana, não convivi tanto com ele. Nem tudo que vem de Joana é rejeição, ela já me amou no planeta das tréguas. O problema é que meus pés são das galáxias e em outros planetas existe a crueldade. Penso que ela me ama, sim, que se importa comigo. No entanto se tornou uma massa que reflete traumas e tragédias. O que ela me dá fala sobre o que ela tem. Inversamente opostas, revivemos as mesmas dores que não são as mesmas.

 Não matei aquela criança, não foi minha culpa o afogamento de Yan.

 Agora sei nadar cachorrinho, dar algumas braçadas.

 Não matei aquela criança.

 Tudo bem não acertar a respiração lateral, pode ser que seja meu limite.

 Não matei aquela criança.

 Perceber um ataque de angústia e tentar resolver esse furor é a forma mais bonita que encontro de me tornar eu mesma. O único dia do universo que existe é o agora.

 Alfredo, você tá aí?

 Penso, olhando para o fundo da piscina.

 Pensamentos distorcidos como uma roupa que nunca para de chorar, mesmo retorcida e retorcida e retorcida. Nadar é como ouvir uma saída que borbulha.

Você tava me segurando, Marília?

Volto quase sem fôlego e com os óculos embaçados.

[Ouço o riso da professora]

Não. Você conseguiu sozinha, mas não estava só, eu estava ao seu lado.

Levanto a cabeça, retiro os óculos e a touca, me assusto ao ver os olhos dela.

Marília usa a máscara do rosto de minha mãe.

ESTA OBRA FOI COMPOSTA POR ROGÉRIO SALGADO EM ELECTRA E IMPRESSA EM OFSETE PELA LIS GRÁFICA SOBRE PAPEL PÓLEN NATURAL DA SUZANO S.A. PARA A EDITORA SCHWARCZ EM JULHO DE 2025.

A marca FSC® é a garantia de que a madeira utilizada na fabricação do papel deste livro provém de florestas que foram gerenciadas de maneira ambientalmente correta, socialmente justa e economicamente viável, além de outras fontes de origem controlada.